U0528127

烧鸟

1 廉价空降兵

[日] 卡罗尔·曾 著
赵新悦 译

新星出版社 NEW STAR PRESS

YAKITORI 1

©2017 Carlo Zen

This book is published by arrangement with Hayakawa Publishing Corporation.

图书在版编目（CIP）数据

烧鸟YAKITORI. 1，廉价空降兵 /（日）卡罗尔·曾著；赵新悦译. -- 北京：新星出版社，2023.9
ISBN 978-7-5133-5236-9

Ⅰ.①烧… Ⅱ.①卡… ②赵… Ⅲ.①幻想小说－日本－现代 Ⅳ.①I313.45

中国国家版本馆CIP数据核字(2023)第092443号

烧鸟YAKITORI（全两册）

[日]卡罗尔·曾 著；赵新悦 黄 璐 译

责任编辑	汪 欣	特约编辑	李笑男
校 译	李 昊	责任印制	李珊珊
责任校对	刘 义	装帧设计	柒拾叁号

出 版 人　马汝军
出版发行　新星出版社
　　　　　（北京市西城区车公庄大街丙 3 号楼　100044）
网　　址　www.newstarpress.com
法律顾问　北京市岳成律师事务所
印　　刷　北京美图印务有限公司
开　　本　910mm×1230mm　1/32
印　　张　20.375
字　　数　358千字
版　　次　2023年9月第 1 版　2023年9月第 1 次印刷
书　　号　ISBN 978-7-5133-5236-9
定　　价　108.00元（全两册）

版权专有，侵权必究；如有印刷错误，请与出版社联系。
总机：010-88310888　传真：010-65270449　销售中心：010-88310811

目录
CONTENTS

序章 _001

第一章　选择 _017

第二章　货物 _071

第三章　火星 _113

第四章　活路 _185

第五章　实战 _237

第六章　结局 _299

后记 _317

什么是烧鸟？

① **概要**

・商联海军陆战队的廉价替代品

＊可以机动性代替商联海军陆战队，但不保证其可以互换。地球商联总督府声明，对使用烧鸟后产生的一切损失免责，损失按照本国通商法进行补偿。

② **法律地位**

・代用品

③ **品质**

・星际通用语转载完毕／除知性交流之外，沟通无障碍。

・标准战斗课程转载完毕／仅提供海军陆战队初期训练课程合格的个体。

④ **优势**

・成本方面／非常廉价

本条仅供参考：虽然本商品有重复利用之可能，但并不作为可重复利用商品出售，望周知。

——商联地球总督府发布的征兵宣传公告

⑤ 注意事项

可以在舰队中生存,但要注意以下两点。

· 药物依赖(用药成瘾且无矫正可能)
可能会引起叛乱、集体自杀以及暴动,因此需要解除茶(地球产植物,含有成瘾成分,有致死风险)的药物管制。

· 镇静音乐必需
烧鸟在失重状态下产生异常的概率高于地表,作为预防手段,需播放有镇静效果的音乐。根据原住种族脑电波特征,建议播放有效性得到认可的当地音乐(作曲家名:莫扎特)。

地球总督府是商联政府认证的对公派遣业务供应方,业绩突出,值得信赖。如果贵方正在考虑削减轨道空降作战的成本,请考虑使用烧鸟的可能性。烧鸟最为廉价,且可以提供必要范围内最基础的服务,是最好的选择。

除了人类共有的集体意识,中国和塞内加尔,巴西和瓦努阿图,摩洛哥和尼加拉瓜之间还有什么共通之处呢?

——艾瑞克·霍布斯邦

PROLOGUE

序章

> 泛星系通商联合航路维护保全委员会管辖星系
>
> 行星原住种族管辖局指定训练场所（厨房）
>
> 火星——第三烧鸟野外演习场——第三模拟据点大楼

"……搞什么，怎么这么久？"

待命时间太长，真让人受不了。和不怎么喜欢的同伴待在一起，沉默相对，简直就是度秒如年。我不禁发起了牢骚。尽管这么做会招来他们的白眼。

我就不信了，在接到通知的时候，难道他们一句也没有抱怨吗？烧鸟训练所里规矩多，白痴规矩更多。

总之，只要进了这个地方，你的意志就会被彻底消磨掉！虽说这里是仿照地球建造而成的，但火星就是火星，环境依然非常恶劣。

宣传语里说，在这儿不穿防护服也可以像在地球上一样自由活动。但在这句话后面，还有一句小小的、拿放大镜才能找到的话：仅限接受过特殊训练的人群。听说总会有些傻瓜看不到这行字，来了之后倒在地上不省人事。貌似这都成了烧鸟训练合格前的保留节目了。

简直就是捉弄人嘛。

当然了，我本来也没有期待着乘坐头等舱来一场舒适行星旅行。

从地球到火星。对，就是火星。我们在去往这颗蓝色星球的航路上得到的是最低标准待遇。我还学到了，我们所在的船舱在斯里兰卡语里叫"经济舱"，说白了就是货舱。

然而，我听说商联人的科技十分发达，没落发达国家所引以为傲的技术在他们眼里不过是小孩子过家家。我曾经想，行星改造应该就是他们的拿手绝活了。没想到，这就是我不幸的开端。

事情就是这样。

商联的大老爷们是不会亲自去进行行星降落的，他们会把这种事通通推给别人来做。

也只有烧鸟会在这种行星上进行训练。所以即使空气里弥漫着奇怪的臭味，即使氧气浓度那么低，他们也能轻描淡写地用"误差"来解释。

在我的脑子快要被煮开了的时候，可算是有动静了。接收器里传出了教官那亲切如慈母般的斯里兰卡语。

"烧鸟们，这里是厨房。离战斗开始还有五分钟。还可以再聊一会儿哦。"

听着发音标准的斯里兰卡语开场白，我看了一下表。

在待命期间，我觉得时间过得特别慢。肯定是因为和一群讨厌的人待在一起，才会感觉特别难熬。

"训练形式暂定为追歼战。"

追歼战是标准训练的内容之一，采用循环战的形式，比赛搜索、歼敌能力，有点像捉迷藏。就是使劲去欺负那些吓得战战兢兢、挤成一团的弱者，真是个不错的火星游戏。

"还有，这次的训练不能换弹匣，用好你们手上的装备吧。祝好运，烧鸟们。距离游戏开始还有三十秒。厨房，over。"

厨房那边的人就像知道我们在想什么一样，不等有人抱怨就关了通讯器。他们经常这样拿我们开涮。

我们是地球产的肉鸡，在火星厨房烤熟了以后，就变成了一串串宇宙牌烧鸟？

这是个人尽皆知的笑话。

可是我笑不出来。这就是现实，我也好，其他人也好，我们都没有别的选择。

"都听到了吧。我们怎么办？"

"躲起来吧，争取能活到最后。快点儿，再不走就完了。"

一个还算能看得过眼的蠢货问，最蠢的蠢货答。每次都是这样。泰隆我还可以忍受一下，阿玛利亚的骄傲自大我实在是忍不了。

日语里有句话叫"明辨黑白是非"，但我在火星上学到了一个道理：黑人更可靠。黑色才代表正义，白的就是浑蛋。

顺便收回我刚说的话。不许说话这个规则简直太好了。

商联人能让这些人闭嘴,那简直就是为地球和平做贡献。真想给他们颁发诺贝尔和平奖。

"喂喂喂,我们不是要玩追歼战吗?反正是循环战,那我们用防御战术不是更好吗?"

这么显而易见的东西,要说多少遍他们才能明白!我对着这些个大脑褶皱比皮肤还要平滑白皙的蠢货解释:"只要不得分,哪条路都走不通!这次还逃跑的话,被人追着打你们也能忍吗?开玩笑,你们大老远地跑到火星这种地方,就是来当丧家之犬的吗!所以,不如造个据点,抵抗攻击!"

"你不要把莽撞当成勇气。俗话说得好啊,会叫的狗不咬人。"

"我们要是能有阿玛利亚一半能说会道,心里肯定会踏实很多。"

"呵呵,原句奉还。"

阿玛利亚真是半点都不长教训。

"上次,还有上上次,你不都这么说的吗?结果呢?怎么样?如果你那小鸡脑袋记不住的话,我再教你一遍:全军覆没!"

"……我那是在摸索尝试。至少采用伏击战术生存率会高一点。"

"啊,是这样啊!那正确的做法是什么?别人都知道的东西,我们什么时候才能学会呢?"

我们对峙起来，我一眼就看到了她那双可憎的蓝眼睛。真想一拳打歪她的脸，想想就非常爽。

但是，一个声音打破了紧张的气氛，有人来和稀泥了。

"你们俩行了啊，都消停会儿吧。到此为止。"

到此为止。上回也是，上上回也是。一句都不差，我真想问问他们是不是在练习斯里兰卡语。

"紫涵，你站哪边？据守还是跑？"

"哪边都行！没时间了！"

"都行？那可不行。紫涵，必须要选一边。"

虽然我并不想赞同阿玛利亚的话，可是她说得对，是该选一下。我不吭声是因为不想附和阿玛利亚，可是如果不分清敌友的话会很难办的。

"你们俩都想让我赞同你们的观点啊，那抛硬币也好，怎么都行，快点做个决定吧！"

紫涵皱着眉，显出了不悦的表情，真是个高明的女人。冠冕堂皇的话说得那么溜，可是她的真实想法却让人摸不透。到最后她还是没有旗帜鲜明地表达立场。虽然和稀泥很卖力气，可到头来她还是不表达自己的真实意见。这种态度真让我看不过眼。

到底是上等人哪。外表着实光鲜。标准作战服一丝褶皱都没有，黑发一丝不乱，还涂了精油。而且，她身上还散发出阵阵幽香，肯定是喷了香水。

何等的优雅！

这货是把野外演习场当成舞会了吗？把社交场上的习惯带到火星来，真是没有常识。我要是现在吐槽她，谅她也不会有的辩解。

"好了，快做决定吧！"

我扫了一眼其他人，发现埃尔兰多无可奈何地点了点头。北欧的，说你沉默寡言，你还摆起架子来了。这时候还装什么沉默寡言？你倒是吱一声啊！

"我们该躲起来！在这么扎眼的地方怎么据守？有病吧。"

"所以你认为我们应该逃跑咯？别傻了。我们可是最差的一队！跟别人选一样的策略你拿什么跟人家比！在据点坚守不出胜算更高！"

这会儿阿玛利亚也该闭嘴了吧。该死，在地球上还说不够，到了火星上还要叽叽歪歪。

叫我吃惊的是，有个一直沉默到现在的男人开口了。

"明说得对。我们能做的只有据守了。这次我们讨论一下据守的策略吧。"

居然，埃尔兰多也赞同了我的主张，这人今天的进步最明显了。如果万幸今天进展顺利的话，那肯定是阿玛利亚理智回笼了。

"你们是想把风险最大化吗！？在这里据守，整个队伍都会被当成靶子！会被全歼啊！"

"有这种可能。但是能得分啊。"

"埃尔兰多，连你也变傻了吗！那可是全歼！要是被全歼了，得分还有意义吗！？"

我纠正一下前面说的话。要想让阿玛利亚闭嘴，可能还是要期待一下商联的新技术。

既然说到这个份儿上了，我不禁冲口而出，"你傻吗？这是训练！训练不就是游戏吗！？试试有什么不好的！"

这里是野外训练场的模拟据点。在初期配置里算是配置最高的了。真不明白他们为什么会觉得迎战那些拿着击针式步枪的人成功率更大。

"那实战的时候呢？明知道会被全歼，你也要据守吗？太无能了吧。您的勇气真是跟智慧成反比呢。"

胡说八道！

"那您的实力不也跟您的口才成反比吗？"

"明！阿玛利亚！求求你们俩了，安静会儿吧。就剩三分钟了，再吵下去只能浪费时间。快做决定吧！"

五个人不约而同地叹了一口气。所有人都知道不能老是这样原地踏步，可我们也只能这样。虽然我们知道必须做点什么，但是没人能想出解决的办法。真不知道该不该感到惊讶，就连我也参与到他们的吵闹中去了。

我多希望可以跟有默契的队友一起行动啊。

神能听到我的愿望吗？我快忍不住的时候，一位勇士开口了。

"我们偶尔也试试呗。怎么样？"

"泰隆，我们跟其他队不一样，我们动不了。"北欧人说，"而且就算我们放枪，那也不一定能打中啊。"

也不知道是不是感觉冷眼旁观有点尴尬，他表情疲倦地建议。不过幸好泰隆说话带了脑子。不知道是不是心理作用，我总感觉泰隆和埃尔兰多像是在替我提出建议一样。

"那是你的问题。我不论怎样，肯定是能打中的。"

"那就泰隆掩护……"

毫无疑问，北欧人的提议又被最废的废物打断了。

"不行。"

"啥？"

"你这办法就是浪费子弹，最终还会因为这个扣分。那还不如尽量降低罚扣生存时间的概率呢。"

这不是为了否定而否定嘛。

真是烦透了。我本来就是因为讨厌这种事才会从日本的收容所跑出来的。

"扣分规则？我都听腻了。"

"规则很合理的！"

"放弃抵抗很合理？你是认真的？哼，真是天大的笑话。"

这种狡辩我在日本都听腻了。我非常、非常、非常讨厌这种废话。

"被你这种自暴自弃的人批评真是荣幸呢，这样我就又能肯定自己是对的了。真是让人安心哪。"

"我还以为像您这样的自大狂地球上才有呢。怎么火星上这么偏远的地方也有呢？真是的，商联人工作态度太不认真了，还好意思说'检疫圆满完成'？"

"你找事儿是吧？"

要是我打她一拳，她能安静下来吗？

"你俩够了啊！"

"紫涵，你也说说自己是怎么想的呗。你到底是站哪一边的？总是这么墙头草一样的，也太不像话了吧。"

"怎么样都行啊，只要意见统一我都没问题。"

她看过来的黑眼睛里有焦急的神色。这个骗子，她眼里流露出来的焦急神色在话里头却没有透露出一丝一毫来。

"你又敷衍我们！差不多得了啊！"

"阿玛利亚，你才是差不多得了吧。"

紫涵说的话里头只有一句是对的，那就是没时间了。

"那就抛硬币吧。"

大家总算是暂时达成了一致。

"……没时间了，我同意。"

"我也是。"

紫涵和泰隆同意了。埃尔兰多也点了点头。阿玛利亚刚才一直在闹腾，现在也不好再反对了。

"要是正面的话,你就当指挥官。要是反面的话那就我当。把硬币凸出来的一面当成反面可以吧？"

"你来扔吗？"

我不禁叹了口气。这人真多疑啊。人说一句她就要顶一句。

就算不想跟我们一条心，那你也别拖后腿啊！

"我来扔吧。你可别找麻烦啊。"

"……我是正面哈。那行，埃尔兰多，扔吧。"

我看着埃尔兰多，心想可别扔出正面来。埃尔兰多点了点头，把一枚硬币用拇指弹了起来。硬币发出"叮"的一声响，慢慢地落了下来。

掷出来了个……可恶！可恶！可恶！

"是正面。"泰隆嘟囔道。我脑子里立马就浮现出了阿玛利亚得意扬扬的表情和傲慢的架势。就不应该让那个倒霉的埃尔兰多来扔硬币！

"……指挥官是我。那大家赶紧跑吧！"

那个蠢货一副傲慢的样子，叫着喊着来赶我们逃跑。

结果是显而易见的，并不用特别说明。

我们的大脑里并没有被转移战斗技术，而对手们的大脑中却被转移进了详尽的战法。对上他们，我们简直就是溃不成军。本来打算藏起来的，但是他们却轻而易举地找到了我们。然后我们就亲身体验了一下烧鸟的悲惨命运。

被击针式步枪击中，又是一次"美妙"的体验。在被打中的前一秒，我骂了出来："妈的！"

YAKITORI
嗜鸟 1

行星地球
概况

① **政治状况**

可居住行星。有原住种族。满足星际智慧种族认定标准，但没有统一的行星政府。由于存在多个类似于部族政府的统治机构，总督府正在依照伦理守则中的原住种族文化保护条款，制订行星地表的间接统治计划。

反抗自由贸易的运动已被镇压（原住种族共有190个以上的分裂政体，详细介绍参见相关学术报告）。

② **经济状况**

市场体量极小（如果直接统治，必定会产生财政赤字）。工业基础不值一提，制造业处在极其原始的萌芽阶段，原住种族的工艺品勉强算有市场价值。该行星只能作为第一产业（有机类）的原料供给地，但供给范围也仅限边境行星域之内。对商联的贡献是可作为烧鸟或商业航路的中转地。

——商联总督府发行

③ **原住种族保护现状**

·保证行星地表自治权／商联仅行使行星主权。

·地球原住种族的商联公民权、辖区民众身份登记工作正在进行中。

·防范星际海盗以及打击舰队进行人口贩卖活动的工作正在进行中。

④ **伦理审查（根据列强使节团商定的《增进互信之第二十七次保护星域相互监察报告书》进行）**

·大体完善／统治情况无伦理瑕疵。

问题：原住种族保有旧式核武器，商联对其宣教不足。

应对：原住种族对"核武器"有一种宗教式的热情（名为 MAD 的宗教）。目前伦理委员会正在讨论对此进行干涉是否会侵犯原住种族的自由。

CHAPTER 1
第一章
选择

虽说商联只要求自由贸易，
但是这与我们过去对印度和中国要求"自由贸易"的行为如出一辙。
某英国自治政府相关人士谈"与商联的贸易谈判"。

伦敦太空港——第三航站楼

伦敦太空港弥漫着谎言。异常整洁的空间。对清洁病态的执着。灯火煌煌，洁白的地板上反射出耀眼的光。我被关进收容所的时候，那收容所表面上也是这样的。外观像模像样，其他的全都是烂泥坑。一群厚颜无耻的管理者，只要大面上看着体面，其他的全都不管不顾。我刚刚到伦敦太空港的时候，产生了一种奇妙的感觉，还以为又回到了收容所呢。

本来不该是这样的。我好奇心很重，因为好久没有看到过收容设施外头的世界了。

有多少年了呢？我已经不记得自己有多久没见过外面是什么样的了。实在是太他妈的久了。我进收容所之前还是自由的，可进收容所之后，就再也没有出来过了。

不过我还是没有新鲜感。一半是因为我还戴着手铐，绑着腰绳，另一半是因为跟我一起的是福利机构那些个烂到根儿里的"监护大人们"。说实在的，我也到了想要独立的年纪了，并不想跟那些"公务繁忙"的寄生虫们总待在一起。

这些人非常爱管闲事，直到前几天他们还是对我"恩深义重"，百般"照顾"的"矫正机构"里的公差老爷呢。他们宣称，在商联的征兵员通过联合国来接收我之前，他们要坚决对我"负起责任"，"保护"我。

他们就用这种可笑的借口跟着我来到了伦敦太空港。不过就是想借差旅费之名赚个外快嘛，这群寄生虫。

不过，我马上就不用和这群惹人厌的东西呼吸同一片空气了。

"您是联合国的瓦沙·帕普金先生吧。"

"是的。"

我靠着肩膀上挂着的这个貌似是翻译机的东西，听懂了眼前这个身材结实的男人的回答。

收容所的职员们脑满肠肥，挺着啤酒肚，而他不一样。这个什么帕普金身材紧实，看上去像是很能打架的那种人，可脸上还挂着亲切的笑。总之，是个不需要虚张声势的实力派。

"我们是日本的社会公共福利团体的人，现在向您移交伊保津明先生，请在接收函上签字。"

"辛苦你们护送他了。在这里签字对吧？"

咦！我简直想吹个口哨。接送我的职员们竟然叫我"先生"！真是开天辟地头一遭。以前他们可不是这么干的。在收容所的时候，他们不是叫我的编号就是辱骂我。

这就是事情发生变化的证明。可以说我的未来也有一点光明了。多亏了这个帕普金。不管他今后打算怎么利用我，能看到一点希望，展望一下跟以前不一样的命运，这感觉还真不坏。

正当我这么想着的时候，帕普金朝我看了过来。

"说真的，你们这动静还挺大。我不懂日本人的做派，移交一个年轻人用得着这么大的阵仗吗？"

"瞧您说的，我们这也是为了保障伊保津明先生的人权哪！"

这些个平时骂骂咧咧不说正经话的职员，今天也不得不好好说话了。不过都到最后关头了，我可不能冲动。

再过几分钟就要和这些人说拜拜了，我还是把杀意压制住为好。

"……他不能保障自己的安全，所以由你们来？"

"您能理解我们真是太好了。自从大崩溃以来，过度的自由对社会和个人都造成了极大的损害。就是商联也很头疼哪。"

帕普金脸上挂着客套的笑，连连点头附和。真是的，这些话我都听腻了。这也要怪外星人，那也要怪外星人，胡言乱语烦死人了。

什么商联人，反正都是外星人，跟我有什么关系？我想打的是你们。我上学的时候学习认真，成绩很好。别人成天逃课，我跟他们不一样，我是个本本分分的人。所以我追求自己应有的权利，不想跟那群蠢货干一样的活。我想考大学，这有什么错吗？

但是这些人逼我改志愿，说什么"大家都是这么过来的""只有你一个人选了别的出路，这样不好"，反正不改志愿就要给我安上一个反社会人格的帽子。这些人，平时干什么事都磨磨蹭蹭，只有在找人麻烦的时候跑得比谁都快。还没怎么样呢，就把我关到社会公共福利团体开的收容所里了，还美其名曰"监护"。

我想问问，这跟商联有什么关系？商联是怎么给你们下的通知？是谁让你们把我抓起来的？不是商联的人吧。

"好了，确认移交完毕。"

"我方确认接收伊保津明先生。"

"这个是电子钥匙。建议您在解开他的手铐之前密切注意周围情况，这也是为了他好。那我们就先告辞了。"

说完之后，那些披着官皮的垃圾把我交给了帕普金，走掉了。可以的话，我再也不想见到他们了。不过要是让我去认尸的话，我还是很乐意的。

"伊保津明先生，欢迎来到伦敦太空港。这么称呼你有点太正式了，我叫你明怎么样？"

帕普金向我伸出手，用夸张的口吻说："先不提稍后那美妙的长途旅行，欢迎您的到来。对了，您介意跟我来个欢迎的握手吗？要是握手的话，那您手上这个……是个独特的、日本风格的饰品吧？您能允许我把这个饰品和您腰上的绳子解下来吗？"

"你也觉得这个很不搭配吧。"

"这是传统民族服饰吗？我并不是想让您不舒服，但是这个真的很没品位。"

说着，帕普金解开了我手铐的电子认证锁，接着用力一抖，解开了我腰上连着手铐的腰绳。帕普金没有脑子里进水相信那些蠢货的话，真不错。

"哎呀呀，这才像个男子汉嘛。"

帕普金又伸出了手。为表感谢，我紧紧地握了上去，说道："谢谢你，帕普金先生。多亏了你。"

"你说的哪里话，怪不好意思的。这样一来，就算想到你将来会骂我是商联的走狗，我也生不起气了。"

说到这里，帕普金另起了个话头，说："好了，咱们也别站在这里聊了，换个地方怎么样？"

我去哪里都行，就无所谓地点了点头。

我不知道这个男人要去哪里，就跟在他后面走。前面有一家餐馆，看着很时髦，跟整洁的太空港很相称。这种地方，跟我不是一个世界的。

出于好奇，我看了看那家店的招牌。招牌上的字是霓虹灯做的，还都是英文字母。幸好我会读。虽然进了收容所，但我以前学的东西也没全忘干净。

这家店好像是叫 MC 当劳。能读出来我还有点小开心，不过看到菜单我就后悔了。我现在的外语水平退步了好多，看菜单很吃力，可是照片还是能看明白的。这家店很高级，里面卖真正的面包和肉。

我简直要晕过去了。

"我们吃麦当劳可以吗？"

"什么？"

M 和 C 原来不念 MC 啊。哎，先不说这个，我可没打算进这种店里吃东西。帕普金没理会目瞪口呆的我，径直走进了店里。

帕普金这个浑蛋在柜台前的机器那儿站着，竟然问了我一个特别伤人的问题："明先生，你要点什么？"

"嗯？"

帕普金噼里啪啦地在那个触屏面板上点着什么。他难道不知道吗？我都穷得叮当响了！我被关进收容所以后手头上哪还有钱！连以前的积蓄他们都给我没收了。

真是够了。

他是什么都知道，故意做样子给我看的吗？如果真是这样的话，那他可真是瞧不起人。狂个什么劲！这些有得选的人，总是那么高傲。我没法做的事，你还跟我显摆，真让人不舒服！

"回答我啊，你要点什么？"

帕普金点完餐就来问我，这让我很郁闷。

要不是他是征兵员，还把我的手铐解了，我真想给他一拳。

……第一次见面的时候具体说了什么我记不清楚了，不过大体上就是帕普金邀请我去干雇佣兵之类的行当，我轻易就上钩了。因为我除此之外没别的选择了。但是今天，他却对我这样的人说那种话，不觉得过分吗？

"我能选？"

"怎么了？想吃什么就点什么啊。"

他竟然说这种话，真是侮辱人！我握紧了拳头，不禁咬紧了牙关。

选？怎么选？

我又没有钱，又没有配给券，怎么选？

明知道我没得选，还要说这种话，真过分。我感到十分屈辱，暗自握紧了拳头，面上勉强维持住了平静的表情，我开口："帕普金先生，差不多得了吧。"

"怎么了？"

看他那一脸无辜的样子，真可恨。

"您如果知道的话就再好不过了。我那少得可怜的财产被政府'没收'了。"

"你是担心钱的问题啊，害怕结账是吧。那就没问题了。"

"这才有问题好吧，问题太大了。"

我没钱。他到底是怎么想的才能说出"没问题"这种话来？这家伙在捉弄我吧，真过分。

"这都不是问题，明先生。先前那些社会公共福利团体的寄生虫不是跟着你来伦敦太空港旅游了嘛，他们的差旅费还是联合国承担的呢。联合国就是商联的钱袋子,不用担心,你的伙食费花不了几个钱,都会由联合国承担的。"

"真的吗?"

"喜欢什么就点吧,我会付钱的。"帕普金毫不犹豫地说。

确切地说,是帕普金肩上挂着的翻译机里头传出了他的话,被翻译过,语调机械。

我不知道该怎么回答。

点我喜欢的东西?我有了选择的自由吗?他说要请我吃饭,是真的吗?我又不是他的家人。我简直不知道该为哪件事感到惊讶了,以前从来没有遇到过这种情况。

要是他现在告诉我翻译机坏了,那可能会更靠谱一点。

嗯,肯定是这样。

我怎么还会相信机器呢?别的我不知道,在商联人来之前,日本政府里那群老头们总是说日本产的机器品质世界第一,还引以为傲。可是收容所里头的机器三天两头地出故障。

"这个机器坏了吗?"

"翻译机没坏,一切正常。"

帕普金的回答里充满了自信,他对翻译器也是异常信任。正因如此,他看都没看肩上挂着的翻译机。

"你都不看看的吗?我感觉咱们沟通上有点问题,确认一下吧。这个机器真能信得过吗?"

"当然信得过了。再没有比这个更能信得过的翻译机了。这可是商联和联合国共同认证的 KSAH — 632782 名录里的

D32级产品，可以用于法务活动。这东西使用寿命非常长，用得久了它说不定还能把你送走。"

"不好意思，你说什么？我听不太懂……"

"都是官方说辞，就是这个翻译机非常实用，非常完美的意思。明先生，你说的话我都能听明白，我认为我说的话翻译机也都能翻译给你。"

帕普金对我笑了笑，仿佛在对我说"你懂的"。

"……那应该不是翻译机的问题了。"

虽然我的生活经验告诉我机器是信不过的，但是这次的事好像不一样。这么说来，好像确实不像是翻译机出问题了。

所以，事情就很简单了。

虽然垃圾机器老是出问题，不能好好运转，但是比人强得多了。机器可没有人类那么会骗人。这一点应该没人不同意。

"那就是人的问题了。话说得太好听别人是不会相信的。"

"明先生，你是不是误会了？"

"误会？那你是真要请我吃饭吗？"

帕普金脸上浮现出了困惑的表情。他变脸的功夫真好，跟日本的那些政治家有一拼。

让我随便选？别开玩笑了。就是在挑衅我呗。

字面意思跟这句话真正的意思是不一样的。一直都是这样的。帕普金真正的意思是"你忍着吧"。我除了忍着还有别的选项吗？从生下来开始，为了不给人添麻烦，我一直都在顺着别人的意思做事。

在我想要选自己想做的事时,就会被关进收容所,整天去猜别人的言外之意。这是理所当然的。现在应该也不会发生什么改变。

"让我点自己喜欢吃的东西?你认真的吗?"

"我可没说什么奇怪的话啊。跟我一起吃饭是什么奇怪的事吗?"

"简直太奇怪了。简直不可置信。"

如果他不明白我为什么不相信他,那他一定是那种喜欢搜刮民众血汗的特殊阶级(国民福利特惠待遇名录634——极度难以取代的困难行业从业者)中的一员。

这些人认为我们会对他们说的话深信不疑……如果不是这样的话,帕普金也不会说出那样荒唐的话。

"我们也算是谈过几次话了,我还以为自己已经取得你的信任了。"

"我只在你去收容所见我那一天跟你说过话。而且,帕普金先生,那天大部分时间都是你单方面在讲吧。"就跟那些政治家和垃圾老师一样。我把这后半句话吞进了肚子里,握紧了拳头。

选择的自由?我没有。

一直都没有。

从出生到现在,一直都是这样。

他们告诉我们选择是固有的权利,而当我们要做出自己的选择的时候,就要受到惩罚。

要忍耐。

要跟别人公平地分担责任。

要跟别人一样。

要平等地承担义务。

"老师"们满口都是理想,他们说的话跟废话没什么两样。不对,应该说他们说的根本就是废话。他们灌进我耳朵里的词,我都能背下来了。

我上学的时候是个优等生,总是忍耐着,被迫给蠢货们擦屁股,跟他们一起做事,我还坚持不懈。讽刺的是,就这样我的学业成绩还是最好的。

我梦想着能找一份劳动共同体的福利劳动之外的工作,所以才会努力学习,所以我的成绩才会很好,以至于那些人不能以我成绩不好为理由逼我改志愿。

最后,他们说我有反社会人格,把我关进了收容所进行"再教育"。现在想来,不管他们说的话听起来多么荒谬,我都无能为力。所以我看到帕普金那种困惑中带着同情的表情才会那么生气。

这个人为什么要同情我呢?

"OK,那就给你点跟我一样的东西吧。"

"什么?"

"我来给你点。钱也是我付。你也不用再选了,吃的时候也不用提别的要求,如果你觉得可以的话,不用客气,放心大胆地吃吧。"说着,他就在自助点餐机上用语音点了些什么。同时，他又从怀里掏出一张银行卡，往机器上一放，好像就把钱给付了。机器里头传来了一个声音，应该是在说交易成功，接着就吐出来了一张小票。

帕普金把小票夹进了钱包里，笑着跟我说："现在店员正在备餐，我们先去选个座位吧。"

虽然他这话是不经意说出来的，但我还是在心里苦笑了一下。

又来了。

"选"这个字从帕普金的嘴里冒出来太多次了。他根本就不知道，也不想知道，对他而言可以轻易说出口的词，对我来说多么沉重。这简直让我感到气愤和困惑。

"对了，这里可以自由选座。既然我们还有事要谈，那还是选一个安静点的地方吧。那边有个空位，我们就坐那里吧。"

他一口气说了那么多的"自由"和"选"，简直要把我搞晕了。

老实说，我看不透这个叫帕普金的男人。他在我面前吊着这么个大萝卜，是想着怎么利用我吗？

帕普金还在滔滔不绝地说着，而我却只有疑惑。

"大崩溃以来，日本自治政府的社会保障政策好像出了不少问题。你有那样的监护人也是没办法的事。我的祖国也是这样，问题特别严重，几乎都要到了反乌托邦的程度了。"

帕普金一脸通情达理，可我看不透他。这种人往往会很难搞。他坐在干净整洁的座位上，还在劝我坐下来。我以前从来没有见过这样的人。

我横下心来，坐在了帕普金对面……这座位跟飞机上的一样，都软乎乎的，我坐不大惯，但是感觉还不错。

"我坐您对面，失礼了。也请您原谅我措辞不礼貌。反正您是知道的，我有反社会人格障碍。因为这个，社会公共福利团体的职员们还跟我一起到这里来了呢。"

"没关系，不用在意。"

我讽刺地笑着说，帕普金也附和了一句。

"我听别的征兵员说，日本自治地区的应征者一般都有很大的性格问题，不是特别卑微就是特别叛逆。你嘛，虽然是有点反抗精神，可是……"

他的话是真是假先不提，我可是嗅到了阴谋的味道。这家伙肯定心怀叵测。但是不知道为什么，我从他的态度里头却找不到一点异常。

真可怕。

这是我当时最真实也最直接的想法。未知总是令人心生畏惧。

"嗨，说着说着你就能明白了。"

就是这个样子。要是不了解对手，可能在不经意的时候就会被陷害。虽然现在我跟帕普金暂时还不是对手，也没有不共戴天的仇恨，但以后怎么样还未可知。

放弃抵抗的人，就是失去求生欲而任人宰割的羔羊。

"不再跟我聊聊了吗?在签合同之前我们互相了解一下也不是坏事。"

"你的话不是完全没道理。"我点了点头,下定决心问出了口:"帕普金先生,你了解我又能怎么样呢?我以后所属部队的动向跟你有关系吗?"

他来找我的时候,跟我说的是要我去干佣兵之类的活。我要是去了的话,跟帕普金就没什么关系了吧。他盯着我看了一会儿,耸了耸肩,把视线转向了我的背后。

"你这话我没法接啊。"

他露出了一丝苦笑。突然,他又向我身后站着的一个人搭话了……我竟然没有注意到身后站了一个人,可能是太紧张了。

我的后背一直在出汗。

"谢谢,您来得正是时候。"

那个人笑着说了句请慢用之类的话就走了,留下了桌子上那些不知道装着什么东西的纸盒和用一次性容器装的饮料。

都说这里的食物是现成的,原来真的都是事先做好了再配餐的啊。

"哎呀,麦当劳配餐还是这么快。服务态度也好,对谁都很友好,简直就是银河系第一。你觉得呢?"

"嗯……可能吧。"

帕普金随意地从纸盒里拿出一个汉堡。我在备考的时候从一本文化资料上见过这东西的照片,是用面包、肉、蔬菜和芝士做成的。书上说这种食物和三明治文化很类似。

不过这种事情先放下不提。

我受够了合成植物那种讨厌的味道。橡胶一样的口感，再搭配上怪异的味道，简直了。融合起来，最后就是一股腐烂般的味道。配给券能买到的都是这种东西。说到底，自由选择的权利，不过是忍耐的权利罢了。

怎么回事？我面前的纸盒里飘出来的不是那种怪味，而是香味。这种香味勾起了我的食欲，我简直都要流口水了。我从出生到现在，第一次因为饥饿以外的原因有了食欲。就算是我被关进社会公共福利团体开设的收容所之前，也没有经历过这种情况。

"趁热吃啊。"帕普金说着，毫不扭捏地大口吃了起来。

我承认了，我就是羡慕。

"你怎么不吃啊？"

我可以吃吗？为了吃这顿饭我得付出多大的代价呢？

不过，如果这次不吃的话……下次要等到什么时候才能吃到这么好的东西呢？不对，应该说还会有下次吗？

我压下了心头的迷茫，掩饰一般地说道："……我是第一次来这里，不知道该怎么吃。"

"嗯……就像我这样，你也看到了，没有什么特殊的用餐礼仪，在这里吃饭也用不上刀叉，没那么正式。大口吃就行了。"

"我不会还你饭钱的。就算你让我还我也不会还。我吃了啊？"想了好久，我终于说出口。

我近乎贪婪地看着眼前的美食，那香味刺激着我的嗅觉，这种感觉太陌生了。不过正是因为陌生，这种刺激才来得更加强烈。

"当然……你也可以试着多相信我一点的。怎么，还要我给你试一试毒吗？"

"试毒？"

"你大概是因为跟俄国人一起吃饭，所以才一直戒备着吧？别担心，这里头没有钋，也没有二噁英。如果你觉得有必要，我可以把刚刚说的话记下来，写一篇宣誓保证书。"

帕普金说了一大串我听不明白的词。他好像发现了我的困惑，于是闭上了嘴。他刚刚是在开玩笑吗？说的都是一些我理解不了的段子。

真是个不懂得社交距离的人。

"我们国家的人都知道这个段子，看来你不知道啊。"帕普金津津有味地嚼着美味的汉堡，然后喝了一口冰镇的饮料，然后朝我露出了一个苦笑。

"尽管不是翻译机出了问题，但是它的翻译没能冲破文化的隔阂，这不应该。"

"总之，"他单手拿着汉堡，继续说，"意思是翻译出来了，但是那么有趣的含义却没有传达过去，太可惜了。语言真是一种奇妙的东西。从这个角度上来说，只有味道才是人类之间共通的语言。"

帕普金接着又催我吃，这下我没了拒绝的理由，犹犹豫豫地伸手去拿汉堡。

当我下定决心咬下去的时候，不禁产生了疑问。不知道是什么东西混在汉堡里头，一粒一粒的，像沙子一样。有那么一瞬间，我不禁心头火起，怎么给我吃这种次品！就在这个当口，我察觉到了不对。面包上那一粒一粒的东西好像是调味料。

汉堡非常有嚼劲，但不是那种橡胶一样的口感。

之后，我尝到了肉的味道。我以前吃过几次的人造肉完全不能跟这个肉相提并论。真是太好吃了，越嚼越有味。

"味道怎么样？"

"……这还用问吗？"

不是人造肉，是真正的牛肉。

热乎乎的、口感很好的真肉。

"我好像问了个不解风情的问题啊。你还可以再点一些。"

这诱惑也太大了。我听到这句话嘴里几乎马上要溢满了口水。

我有一种冲动，简直想要一不做二不休，把纸盒子也吃下去。要是真能放任这种冲动，那该有多快乐啊。我一定会丢掉所剩无几的自制力冲上去大吃一顿！

我的内心一直在呐喊，太可惜了！然而我只能强自镇定心神，强行引开话题。

"帕普金先生，你有钱请我来这种地方吃饭，赚的一定不少吧。"

"明先生,我纠正一点。我是个厨师。不管工资多少,伙食费充足那是理所当然的。"

"厨师?我一直以为你是个征兵员呢。"

雇用我的是商联的军舰或者舰队这类的地方,所以我觉得他应该是个征兵员。而且,眼前这个男人一点都不像个厨师。我感觉就他这个体格,不应该拿菜刀,而是应该拿着刺刀跟敌人在战场上拼杀!

"你好像特别介意我是个厨师这事儿啊。"

虽然帕普金的言谈举止非常温文尔雅,但是本质上,他是一个极其虚伪的人。他的眼神十分冷峻,整个人散发着一种厨师不该有的危险气息。要我说,他就算想刻意隐藏自己的獠牙,也会时不时地露出一点来。

"很意外吧。不过我就是一个好厨师。当然了,这只是一个通称,正式名字不是这样的。"

"通称?什么意思?"

"别急,我会给你讲明白的。不过在这之前我想问问你还要不要再点些吃的。我这个年纪在饮食上需要节制,但是像你这样的小伙子就不一样了,正是能吃的时候呢。你应该还没吃饱吧?真不再来点儿了吗?"

不管是他一直不放弃诱惑我,还是面对我的挑衅一直保持着良好的涵养,都是他这个人极其危险的表现。

我想到了一句话,叫"会咬人的狗不叫"。越是虚张声势的人，越是没本事没底气。

狂吠的狗会被杀掉。

可如果一条狗根本不需要叫，那就很可怕了。

"……年纪并不是理由。吃饭太贪婪会付出代价的。"

"真节制。看来你经历还挺丰富。"

他要从我的一句话里头解读出多少意思来？我感觉到这个人很危险。他脑筋很快，是个强劲的对手。

他的身上杂糅着自信、傲慢和热情，太讨厌了。跟这种人打交道最麻烦了。

"你猜对了，我的饭量很小。"

"还是这样啊，一点都没变。"帕普金脸上露出了一丝寂寞的神色，把手里的汉堡又放回了盘子里。虽说吃麦当劳没什么用餐礼仪，把吃的再放回盘子里也不算没礼貌……可是为什么他那么喜欢吃汉堡啊。

在日本，我们也有自己选择吃饭速度的自由，不过公共食堂是公共财产，要是磨磨蹭蹭地占着座位吃饭的话，就会被人以"反社会占有公共财产罪"告发。

我以前吃饭的时候基本上没有不被人监视、不被人催的时候。到现在，虽然我知道伦敦没有公共秩序警察，但我总提着心，害怕那些总是给人找麻烦的官差打哪儿冒出来。

"等你到了太空里，可能就不会这么想了，不管是好的方面还是坏的方面。不过现在还是可以慢慢享受的。"他可能是想做出一副高深莫测的样子的，可是一只手里还拿着蘸着番茄酱的薯条就很让人出戏了。

"起码再点一份炸薯条吧？就是你现在吃的这个。虽然这只是炸土豆，可味道很好哦。"

"这个好像合成食品。"

"可能是因为土豆里头淀粉很多吧。不过用地球产的番茄酱蘸薯条吃在宇宙工作者之间很受欢迎。"帕普金说，"你试试。"一边说，他一边把蘸了番茄酱的薯条送进了嘴里……那样子，简直就像个小孩子。

如果这也是他在演戏的话，那他这头狼身上的羊皮披得还真结实。

"你可真能说啊。"

"你在太空里待一段时间就能明白了。这种咸香的味道，不愧是地球啊。"

"太空吃不到这种东西吗？"

"当然了。你知道'超满足'吗？"帕普金肯定地说道，他用了一种极其罕见的斩钉截铁的口气。虽然瞧着有点傻，但是我觉得他说的是真心话。

我实在是理解不了。

他又说："等上了商联的飞船你就明白了。麦当劳是商联势力圈内最高级的快餐，如果有人不喜欢麦当劳，那恕我不能跟他做朋友。"

"不好意思，我打断您一下。我尝过了，也并不想对您的口味指手画脚。不过，我们是不是该谈谈工作的事情了？"

"工作？哎，行吧，真拿你没办法。"帕普金装模作样地叹了口气，收回了伸向薯条的手，紧接着又转向桌上放着的一叠白色的纸，随意抽出几张，擦了擦手。

原来如此。这家店里的东西都是一次性的。

"那我就向你正式地说明一下合同内容。不过，在这之前，还有点法律规定的程序，必须要走一下。"帕普金又嘟嘟囔囔地，伸手去翻公文包，"是哪个来着？"他又拿出来厚厚的一沓文件，放到了麦当劳那平整光滑的桌子上，"对了，就是这个。按规定我必须把这个给你读一遍，来证明我有征兵资格，你忍耐一下可以吧？"

帕普金把文件拿在手里，读了起来。

"作为泛星系通商联合护航委员会指定行星原住智慧种族管理局选定业务承接机构——联合国及总督府高级专员事务所联合认证机构认证的特殊太空安保产业泛人类管理负责专员从业资格证持有者，本人，即瓦沙·帕普金现在开始履行说明的义务。"

"啊？"

从翻译机里传出来的话就像咒语一样令人费解。

如果他之前说的话需要我去猜一猜背后真正的意思，那么刚刚这句话我连字面意思都听不懂了。

"这是你正式被商联雇用之前必须要走的程序。我们这些可怜的征兵员必须遵守这些规则，你就当是帮帮我，配合一下吧。"

"是不是所有的政府都有这种烦琐的程序？"

他说的话我可以理解。不管是外星的商联政府，还是我们那仁慈的日本政府，都是同一副德行。

"按照规定，还要请你说一句话，我要录音。大意就是你确认我有从业资格。"

"……怎么弄啊？"

"就按照这张纸上写的念吧。这上面写的应该是日语。"

说着，他递给我一张纸。上面写的的确是日语。不过有个问题，这上边写的东西跟帕普金刚刚说的话一样，都是些奇奇怪怪的东西。

搞不懂是什么意思。

"泛星系通商联合护航委员会指定的……这是什么啊？"

"官方术语。"

让我在这种看都看不懂的文件上签字？我是傻了才会这么干。不可能。会签这种文件的人简直就是活腻了。

"又拗口又难懂是吧，要不干脆签了吧。"

"不行，你要给我讲讲。"

要利用我，可以。我也可以利用对方。但是我不能被蒙在鼓里，稀里糊涂地叫人利用了。所以我要听听他怎么说，然后自己做决定。

貌似他有好多事情瞒着我。我看出来了，他在故意装成很烦很嫌弃的样子。但是我也是有底线的。

我绝对不会在自己看不懂的东西上签字的。绝对不会。

"行啊,没问题。讲什么?"

"你给我说说这段话的意思吧。"

接下来会发生什么呢?

他会支支吾吾答不上来吗?

还是会糊弄过去呢?

……我倒要看看。

"已经很久没有人让我给他解释合同了。"

"什么?"

"你这个反应让我很难办啊。是你让我讲的,从哪里开始讲啊?"

我本来以为他会跟我扯皮,做好了心理准备才问出了这个问题,可是帕普金的回答把我惊呆了,我不禁傻傻地盯着他。本来以为他会搪塞过去的,没想到答应得这么痛快。

他是认真的吗?

"那先说这个吧,这个好拗口。泛星系通商联合护航委员会指定的行星原住智慧种族管理局,这是什么啊?"

"简单地说就是商联眼里的地球联合国。然后,联合国及总督府高级专员事务所联合认证机构是外星人所承认的'官方认证组织'。"帕普金就这样一个词一个词地向我解释,这令我非常惊讶。

"那特殊太空安保产业又是什么啊?"

"这就是你现在应征的佣兵职业在法律上的正式名称。这个职业的本质是做行星轨道空降步兵,在地球上有很多别的不好听的名字,但是公文上的名称就是这么无趣。"

他把这些概念都掰开了揉碎了,详细地给我讲了个明白。至少是在我能理解的范畴之内做出了诚实的回答。

我也没有嗅到谎言的气息。虽然就这么断定他没有撒谎有点危险,但是……这人现在看起来并不是很可疑。

是他的骗术太过高明,蒙骗过了我的眼睛?还是说他抱有什么目的呢?或许两者都有吧。

"泛人类管理负责专员从业资格证持有者,帕普金先生,这说的是你吧?"

"对。刚刚我也说过,我们这个职业俗称厨师,这个是正式的职务名。我瓦沙·帕普金是商联人的手下,专门把地球人卖给他们做太空雇佣兵。"

……他给地球的统治者干活,负责在地球招募雇佣兵。

"好了,明先生,我的解释你能接受吗?"

"可以。"

我也没有别的选择。为了让他接着说下去,我点了点头。

"很好。那么明先生,在我接着向你解释之前,想要先问你个小问题。我收到了日本地区自治政府下辖的社会公共福利团体出具的一份文件,是你的精神鉴定书。这份文件有点奇怪,我想让你确认一下。"

我当即产生了一种冲动,想要照着脸给他一拳。要是我对面坐着的不是帕普金,我可能早就一拳打过去了。

"……你想让我说什么?这不是一个愉快的话题。"

帕普金把我从那个恶心的收容所里带了出来。我回答他这个问题，一部分原因是我别无选择，可也不能否认，他把我从那个泥沼里拉出来，我对他是有点感激的。

不管帕普金心里有什么打算，迄今为止局面还是在向好的方向发展的。别的无所谓，结果才是最重要的！

我听到他说那么过分的话还能忍着不动手，就是因为还有这么点恩情。

我是说但是。但是，即使我对他有所感激，也经不起这样一直消磨。有人会愿意让别人提起自己不愉快的过去吗？一般人都不会愿意吧。

"我不是故意要打听你的过去啊，说实在的，我对这些并不是很感兴趣。"

"那你想让我说什么呢？"

"为什么我会收到这份文件呢……我想听听你对自己的看法。随便说说吧，我想知道你真正的意见。"

"嗯？"我情不自禁发出了疑惑的声音。大家不是认定我有错就是打探我的经历，这还是第一次有人想着问问我的意见。"你是想给我做心理咨询吗？"

"不是的，我不是心理医生，也不是精神问题专家，心理咨询是商联政府下设的专门机构该干的事。"

他回答得很爽快，而眼神却很是锐利。

这还是刚刚那个喜滋滋地谈着汉堡和薯条的男人吗？简直就像变了一个人。他变脸的速度也太快了。

"来，说给我听听。"

帕普金盯着我看，他眼神骤然变化，流露出一股凶暴之气。他的视线几乎将我穿透，让我胆战心惊！

"你认为自己为什么会被隔离？"他问我。

他的语气不含谴责，更没有轻视和侮辱，只是单纯的疑问。正因如此，我心底升起了一股不安。他到底为什么要问我这些呢？

我无法理解，这已经超出了我的经验所能判断的范围。所以我情不自禁地说出了平时的所思所想，"那是因为我太正直了。"

"……哦？有趣。接着说。"我瞥见帕普金打量我的眼神里开始浮现出一种不同寻常的兴趣。

"我周围的人全都在逃避现实，他们心比富士山还高，可是事实上却处在社会最底层。所以他们就刻意地忽略自己的处境。"

我生理学上的父母貌似也是这样。

……这么说好像不太客观。我基本上不了解他们。可是在日本，很少有人了解自己的"父母"。

总之，据我所知，我们那里的人都是集体逃避现实的。

一发生不好的事就怪别人，把自己当成受害者。都是一群垃圾。一旦现实中发生点不如意的事，就吵吵嚷嚷。

一群垃圾，除了自尊心很强，干啥啥不行，只会耍耍嘴皮子。

"有人抱怨,说自己那么勤劳,却要受这种折磨,都是商联的错,商联真是邪恶。可这个人从出生起就没有认真工作过。你能想象得到吗?这个人可不是在说醉话,他抱怨的时候是清醒的,滴酒未沾。他是真心地叫嚣着政府给的待遇不够好,可又一点活都不想干。"

可我呢?我认真干活,用自己的双手挣到口粮,然后呢?总是还没捂热乎就被人抢走了。这些个垃圾,总是喜欢拖努力工作的人后腿。

"我的周围都是一些逃避现实的人,光会推卸责任……在这种地方,我这种正常人才是不正常的。"

"他们为什么会觉得你不正常呢?"

"因为我想自己决定人生道路。"

所有人都是假装自己做出了选择,只有我是真正地想自己选择自己的人生,所以我就跟他们抗争了。我绝对不要去做劳动共同体的福利劳动,我努力学习,好不容易取得了大学入学考试的资格,这是我千辛万苦才得来的权利。我本来想着去上大学,这样就能从垃圾场里逃出去了。但是他们阻止了我。就是这么回事。

我那么努力、那么辛苦地学习,就是为了这么一个微不足道的愿望。是不是很惊讶?我只是想保证自己的自由而已。

"对于不自由的人来说,追求梦想是不是不太现实呢?"

"我只是做了和'绝对正义'的大多数人不一样的选择而已。"

我的追求仅仅是摆脱领配给口粮的日子，使自己的劳动能得到应有的报酬。我只是想着摆脱现状，于是在别人发牢骚的时候加倍努力，并没有做什么出格的事情。

总之，我是个勤奋的人。我不喜欢发牢骚，更喜欢靠着自己的双手来挣一个前途。只是我不太能理解周围的人，只有这一个小小的缺点，却足以致命。

我早就知道，我周围的人都是彻头彻尾的蠢货。我无论如何也理解不了这些恬不知耻的蠢货……正因为我是个正常人，所以才学不会和这种垃圾打交道。

"我简直无法想象，这些垃圾是那么嫉妒别人的成功。这种人渣，没有一点自尊，专门爱拖人后腿。这种不思进取的人，竟然可以毁掉积极进取的人。"

"真有哲理。明先生，你不考虑出一本哲学书吗？"

"哲学？要用整整一本书来写吗？在我的印象里，能干出这种事的人都很闲。"

"怎么说？"

这很简单啊，我笑了。"因为真理总是非常简单的。"

那我就来写本哲学书给你们看看吧。

首先，我们提出一个简单的事实——世界由三种要素构成：浑蛋、废物和我这样的正常人。可能所有人都会装模作样地反对这个提法，可是，发自内心地反对的有几个人呢？

我们把这个先放一放，接着对自认为有智慧的人讲下去。

其次，一个稍微有点复杂的事实——作为构成世界的要素之一的浑蛋之中，有那么一些人是比其他人强上一点的。我们应该意识到，浑蛋也有好坏之分。从无可救药的，到无法忍受的，应有尽有。世界具有多样性嘛。

再次，一个易懂的事实——废物必须被消灭。他们大多是浑蛋的进化版。

我们用最简洁的话语分析了两个要素，现在，让我们向懂得现实的人讲出最后的真理。

最后，一个正确无比的事实——浑蛋终归是浑蛋。好一点的也好，次一点的也罢，最差的也一样，"浑蛋＝废物"这个本质是不会改变的，他们都需要被消灭。

以上就是我写出的哲学书。这么简单的事实竟然要用一整本书来写，可不是闲的嘛！

"哲学家可能都是浑蛋。"

"为什么呢？"

"这群人一贯会装模作样，让自己本来很清闲的工作看起来忙碌无比。在这方面他们可是行家。我身边，哦，现在应该说以前我的身边也全是这种人，耍嘴皮子特别厉害。"

那是一群寄生虫，平时嘴上叫着嚷着"好忙、好忙"，最后自己偷懒，回头反倒把别人的劳动成果据为己有。他们竟然没有羞愧至死，到底还有没有点良心？简直就是行尸走肉嘛。

所谓的哲学家，肯定也是这种人。

那么，在外星人入侵之前，地球人的想法是不是有所不同呢？

到现在我也搞不清楚。

我只明白一件事。

"我会完成自己的工作。至于那些偷奸耍滑的人,爱去哪儿去哪儿。"

"你工作热情很高,对人的评价也很中肯。从这方面来讲,倒是很适合在太空中工作。说实在的,地球人以往在这份工作中的表现并不是特别出色。"

"工作强度我无所谓,只要让我干就行了,"我说出了自己的心里话,"毕竟我不是那种挑三拣四的人。"

"明先生,你真是个勤奋的人。这种日本人的传统美德现在基本上没人继承了吧?现在这个世道,大部分人都执着于找到适合自己的工作,几乎到了病态的地步。"

"只要给我发工资,干什么不都一样吗?"

我挣来的就是我的东西,这是理所应当的。这个原则简单易懂又公平,我可没兴趣去叫嚣什么"商联侵略了我们""我们是地球人"之类的。

"即使我进了商联的军队,想法也不会有什么变化。"

我这句话不知怎的引起了帕普金的注意,他说:"你好像误会了什么,我纠正一下,你要进的不是商联的军队。"

"什么?你又变卦了?"

"那倒没有。我征的兵不是……哎,说来话长啊。"帕普金叹着气摇了摇头。

"我招的是泛星系通商联合护航委员会指定行星原住智慧种族管理局选定业务承接机构——联合国及总督府高级专员事务所联合认证机构认证的特殊太空安保产业第 321 队。方便起见我们简称 K321 小分队。"

"……这么拗口的名字是谁起的？"

"这我就不知道了。不过我觉得我如果跟他见面的话，谈话一定不会很愉快。"

我情不自禁地点了点头。

公职人员嘛，大部分都是这样的。居高临下，把别人当傻子耍着玩。即使有例外，那也不会是多么平易近人的主儿。

看看社会公共福利团体的职员们什么样就明白了。要是还不明白，那就是脑子不好使。

"你们 K321 小分队的工作是参照新兵标准的。"

"帕普金先生，有些东西你很了解，但是我实在是一窍不通啊。"

"别担心，我会给你解释的。"帕普金耸了耸肩，又像是在思考什么一样地摇了摇头。他接着说："具体来讲，你可以把这份工作看作雇佣兵。这样的话是不是就能想象得到工作的内容了？"

"雇佣兵？刚刚我就想问了，不是军队在征兵吗？"

"从法律意义上讲，你们不属于商联正规军的建制，跟以前的外籍军团基本上是一样的地位。只是我希望你注意到这一点，即使对你们表示最大的善意，也不能认定你们属于商联军队,最多把你们认定为武装警备人员。"

"那我们究竟是什么身份啊?我们不是被商联军队雇用的吗?"

"从严格意义上讲,只有商联舰队的成员可以称为商联军人。这并不是说像宇宙舰队海军陆战队这种非舰艇部门就不属于军队,只是他们的主战场仅限于太空而已。"帕普金一脸沉重地说。这类的话我早已经习惯了。

总之,这就是地球人的待遇。总是被区别对待。不,更确切地说,他们跟我们地球人就不是一个世界的。这种令人讨厌的隔阂,无论是在地球还是在商联,都是一成不变的。

"简单地说,商联人住在'太空'之中。只有一少部分的勇者,或者说是冒险狂热者才会加入海军陆战队,空降到行星地表。其余的人,只有被贬职或者被人打压时,才会流落到行星上。"

"所以说,他们不想做的事,就让我们来做?"

"对。"

这就说得通了。虽然不好听,可确实是实话。要只是这样的话我还是可以接受的。他们不想干的活,给我钱,我可以干。

……这在某种意义上,也算是公平了。

"商联人雇用地球人主要是要咱们去打'地面战',执行一些行星上的任务。平时地球人都在空间站待命,一旦发布任务就要立刻去执行行星轨道空降任务。"

"我问一下,我会被分配到哪里的战场上啊?"

帕普金露出困惑的表情,接着补充道:"……实际上,包括K321在内的新品的去向极其容易被各个势力左右。我只能向你保证,一有消息我就会立刻通知你。"

"无所谓了。只要给钱,我哪里都能去。"

金钱是迈向自由的伟大一步。我之前曾经有过获得金钱的机会,却与它失之交臂。这一次谁都不能阻止我了。只要商联人给钱,我什么工作都能做好。

"很好。对了,差点给忘了,还有一件事。在签订合同以后,原则上是不能主动提出辞职的,只有一种情况例外。"

"例外?是说自杀吗?"我不禁笑出了声。特地跑到太空里自杀,那我还不如早早地在收容所里吊死,那样的话还能给管理人员添点麻烦呢。

我真是太想给他们找点事了。这种想法的诱惑太大,我不禁都想要检讨自己了。

可是,用我自己的命为代价去毁掉那几个不值一提的浑蛋的事业,太不划算了。

"你可不要在空间站自杀哦!以前有些人,不知道是反商联的恐怖分子还是神经衰弱患者,引起了空间站里整整一区的大规模自杀事件。从那以后,大家对这种事都有点神经过敏了。"

照这么说来,在太空里自杀就像自爆一样。虽然我不知道这会造成什么样的严重后果,但是从帕普金那难看的表情多少也能看出来一点。当然，我是不想被这种傻瓜牵连的。

"签完合同之后，为了使新人达到新兵的标准，会把你们集中到火星的训练营接受训练。在那里如果你觉得自己不适合做这份工作，那就可以申请辞职。这就是我说的例外情况。"

"那违约金呢？"

"什么违约金？"

帕普金愣了一下。他怕不是把我当傻子了吧？为了强调一下自己并不傻，我开口了："解除合同不就是违约吗？你们会任由我违约吗？最起码也会有什么惩罚吧？"

"应该是没有的。"

"我以前在书上读到过，商联人是很重视契约精神的。帕普金先生，不要再蒙我了。"

我上学的时候学过历史，日本自治政府编写的历史教材虽然大部分都是在讲本国过去有多么强大，但是从这书里头多多少少也还是能够对商联有所了解的。

学校的历史课上总是在讲从地球被外星人发现以来，日本的经济因为大崩溃受到了多么大的打击。"我们是受害者。"虽然教师们平时也不大信这种话，说到这种事情的时候也总是轻描淡写的，可是一到上课的时候，谈到这种事情总是慷慨激昂，让人感到很不舒服。

就是这些老师教给了我许多骂商联和商联人的话。这种垃圾老师，净教些个跟考试没关系的东西。

"我虽然做不到过目不忘,但是脑子也还算好使,还能记得书上说过,商联人不喜战争,是'契约主义者',在契约面前不讲人情。我说得没错吧?"

那些人总是叫嚣着自己是受害者,不遗余力地向别人展示自己受到了多少不公正的待遇。这都能称得上是保留节目了。不难想象,商联人刚来的时候肯定也是这样的情形。

"你学习很认真,这很好。不过地球的资料总是有所偏颇的,这一点你不要忘了。"

"这么说,那商联人还是很有人情味的了?"

"商联人确实唯利是图,可是把有自杀倾向的兵员强行带上太空,性价比确实很低。我认为商联在这方面的考虑还是合理的,"帕普金表情艰涩,继续说道,"商联对于解除合同的流程也做了严密的规定。"

"真的吗?给我说说吧。"

"这都是明文规定。合同解除后商联不会再支付工资,路上的花销也要退还。当然退休金是肯定不会有的。商联只会给辞职人员买一张从火星回地球的四等舱船票。总而言之,即使被解雇,商联也不会拿你怎么样,会让你安全回到地球的。"

我不知道他是有所企图还是单纯在吹牛,可我从他的话里嗅到了谎言的味道。

不用付违约金并不是一件好事。可能傻瓜会沾沾自喜,感觉占了大便宜,但是事实恰恰相反,不用付违约金并不意味着没有代价。

……大概,将人遣送回地球这件事里可能会隐藏着什么惩罚吧。

"这不就是像丧家之犬一样灰溜溜地回到地球吗?虽然待遇还不坏,但是我从一开始就对当丧家之犬没有兴趣。"

"明先生,你还真有志气啊。"

"志气?你可别逗我了。"

我只是想活下去,仅此而已。

我只是想过自己的人生,仅此而已。

我不知道帕普金是怎么看的,只见他点了点头,开始了下一个话题。

"OK,还有两件事需要向你说明一下。第一件是待遇问题,另一件是风险问题。"

"这些确实很重要。"

帕普金表示了强烈的认同。我不要做丧家之犬。所以待遇和风险问题才会显得非常重要。

"泛星系通商联合护航委员会指定行星原住智慧种族管理局选定业务承接机构——联合国及总督府高级专员事务所联合认证机构认证的特殊太空安保产业的报酬支付使用商联货币。虽然汇率有时候也会影响收入,不过就PPP[①]来看,两三年就能挣到足够在地球上生活一辈子的钱。"

我又听不懂了。要是帕普金的翻译机又坏了的话,那还情有可原,但是这个翻译机好像没坏。

---

① 购买力平价,根据各国不同的价格水平计算出来的货币之间的等值系数。

……那就只能是帕普金说的这段话太长,我跟不上了。为什么总是要这样!真让人烦躁!

"什么意思?"

"虽然钱是给得不少,但是别的方面待遇堪称恶劣。你们基本上就是现代低配版的赛波伊。"

现在我不是在依靠翻译机的翻译,而是靠着人来翻译。帕普金把这些官方术语掰开了揉碎了解释给我听,这种感觉真奇妙。我不清楚什么是赛波伊,但是在世界史的课堂上,我好像见过这个词,好像是雇佣兵的隐语来着?记不太清了。要是老师在历史课上少讲一点对商联的心酸怨恨,没准儿今天我就能知道这个词是什么意思了。

无能的老师,真可恨!这么一知半解的,真是让人坐不住!

"帕普金先生,什么是赛波伊啊?"

"是殖民者在殖民地雇用的当地人士兵。你要是对这些历史概念感兴趣的话,可以去查一查百科词典。"

"不用了,我只要知道这是雇佣兵的意思就够了。"我并不关心雇佣兵的名字。重要的是工作的内容。我接着问:"那有什么风险呢?"

"简单来说,风险非常大。我来给你讲一讲这份工作最大的难点。"

"呵,现在什么工作都不好干吧。"

"看你怎么理解了。明先生,我就直说吧,你们一被投入战场，就会被剧烈地消耗。"

"消耗是什么意思？"我只是问自己听不懂的东西，可是这时帕普金的脸上却浮现出了少见的羞耻神情，就像是……不，不对，一定是这样的。帕普金刚才一定是发现自己不小心说漏了什么。

"……不好意思，就当我刚刚什么都没说吧。"他摇了摇头，面上像是恢复了平静，可是那表情却像是硬拗出来的。不小心透露出一点消息来，有那么麻烦吗？

"我们用数字来说明一下吧。"他想要转移话题。消耗这个词，对他来说有那么难以启齿吗？我暗暗决定，在努力理解的同时，要把帕普金的话记在心里。

"每年大概要送近千人上太空，可是能够成功完成第一期任务的人还不足半数。"

"死亡率能超过50%？"我受到的冲击太大，思考都停滞了。我知道在宇宙中厮杀会有伤亡，但是死亡率过半，实在是太让人接受不了了。

"不是的。"

"嗯？这只是粗略的计算吧，其实实际情况并没有……"

"我劝你一句，不要被统计数据给骗了，"帕普金表情凝重，接着说，"生还的YAKITORI①大部分都是没上过战场的。他们都隶属于卫星轨道或者行星驻地防卫组，等到任期一满就全体撤退，不会有人员伤亡。"

我试着消化他的话。

---

① 日语中"烧鸟"的罗马字。

一半的死亡率。这份工作真的非常危险。而且生还的部队还是没有上过战场的……那……不就是说上过战场的部队死亡率还不止这么多!

"那上过战场的部队死亡率具体是多少?"

"空降作战的死亡率有七成。轨道降落的时候,由于商联舰队的保护,消耗率不是特别高,大约在两成;参加地表作战的部队要么全军覆没,要么成功完成任务,没有别的可能。"

七成?不是七分,是七成?

不是开玩笑的吧?这死亡率怎么这么高?

"防卫战也是一样的。打胜仗死亡率就低,要是打败了,死亡率就会高达九成九,可以说是全军覆没。跟商联争夺霸权的其他列强军队真的是一点都不把非列强国家平民的人权放在眼里。"

"我想问问你,怎么才能不上战场呢?"

"恐怕不行。有很多人都抱着撞大运的想法来应征,希望自己侥幸可以不上战场……可是大概有一半的人都死了。而且商联不会给他们收尸,只会往地球发一封死亡通知书。"

我惊呆了,不禁仰头看向麦当劳洁白的天花板。虽然我事先有点心理准备,但是这工作的风险之高实在是让人始料未及。

"我再补充一点,生还的YAKITORI一般是不可能毫发无伤的。近半数的人都是因伤病而退役的。想要四肢健全地退役，那概率基本上就相当于中大奖了。"

"帕普金先生，你一直在说YAKITORI，什么是YAKITORI啊？"

"哦，我还以为说了这么多你差不多也明白了。YAKITORI就是我们招募来的行星轨道空降步兵的俗称。商联人起先在正式文件上是把地球人称为YAKITORI的。"

我简直快吐了。

YAKITORI？是我想的那个烧鸟吗？是我在吃标准营养食品的时候，那群在我面前炫耀的讨厌鬼吃的那种烧鸟吗？

歧视本群体以外的人是所有人的通病。商联人的歧视也挺严重的。

"烧鸟？烤好了以后被吃掉的那种吗？"

"你是日本人吧。那你听到这个词产生一点异样的感觉也是情有可原的……"

"商联人真是过分！"

"我并不想为商联辩护，但是把自己的黑锅扣在别人头上可不够公平。这个名称还是地球人起的呢。"

简直不敢置信。我不禁歪了歪头。再怎么想破脑袋，我也想不出来地球人为什么要叫自己烧鸟！是认真的吗？还是说，这是一种揶揄或者讽刺？

为什么要这么叫？本来还有别的选择的。

"他们怕不是傻了吧？"

"谁知道呢。"帕普金轻笑一声。这笑声轻佻，却也饱含着一种可怕的情感。他接着说道："任期满后，我希望能听一听你的感想。要是那个时候你还能觉得这个名称很傻的话，那我就请你喝一瓶好酒。"

"……那我就等着了。"我微笑着对他说道。我要把这些话牢牢地记在心里。不管未来会遇到什么，都要先做好心理准备。

我不想死。这些事情是很可怕，但我还有别的路可以走吗？要是我在这里拒绝了帕普金，就会被送回社会公共福利团体的收容所。那我就会被关在里头一辈子，再也出不来了。

在外面决定自己的生死，比那样的人生好多了。

对着商联人摇尾乞怜也比被那些浑蛋监护要好。换句话说，反正都不是什么好事，那就干脆矮子里面拔将军，选个不是那么坏的。

事先了解该知道的东西，到时候才能不露出狼狈的丑态。

"扯远了。我们接着说风险的事。我对你有说明的义务，所以可以提前告诉你，其实……你的工作风险并不像之前说的那么大。"

"那真是太好了。为什么呢？"

"因为你参加实战的时长被缩短了。要是你同意加入K321小分队，那你将来会和你的队友在火星接受训练。这些都是标准流程，不过预计你们K321的训练时长将远远超过常规训练时长。"

"为什么？"

"因为你们在很大程度上被当成了实验品。商联现在正在着手改善新品的教育方式,新教育方法的研究开发是当务之急。所以,我这次招募的人都会参加实验项目。"

原来如此。我点了点头。

我一直在提出各种问题,试探对方的态度。可是……帕普金坦率地说欢迎提问,我也找不出他撒谎的迹象。

至少他始终都在不厌其烦地回答我的问题。谈话进行得很顺利。

"我都了解了,现在可以办入队手续了吗?"

"接下来我们就可以来看看这些文件了。"

"什么文件?刚才不是都看了吗?"

"刚才那些只是规定的说明,从现在开始要看的才是各种烦琐的文件。"帕普金在桌子上摆出了一排的平板电脑,我以前玩过几次这个,可是不是很擅长。在成年之前我就被关进了收容所,实际上……我并没有多少机会去碰这玩意儿。

"虽说商联在生意上很讲求效率,但是他们在这种跟自己关系不大的领域里的讲究还挺多,你要看的文件很多,简直是堆积如山。"

我接过平板,扫了一眼屏幕,要是可选择语言只有阿拉伯语、汉语、英语、西班牙语和法语这五大主要语言的话,那可真是令人绝望。

我有点紧张,接着看向屏幕。万幸,是我杞人忧天了。在这方面商联还是挺灵活的。我拿的这个平板里可以选择日语。

我不甚熟练地操作着平板，选择语言，又打开了一个貌似是协议书的东西。

根据提示，接下来的问题好像只要选择回答"是"或者"否"就行了。这样还行，二者选一就不用过多纠结了。

"你是反莫扎特主义者吗？莫扎特？"我看到问题以后，情不自禁地问出了声。虽说二选一的提问形式很好，但关键是这问题我就看不懂了。真麻烦。我问道："什么是莫扎特啊？"

"准确地说，你应该问谁是莫扎特。他是一个音乐家，土生土长的地球人，生活在被发现日很久之前的年代，谱写了很多名曲。"

那这就是一个音乐方面的问题了。真是个怪问题。到底有什么意义呢？

"然后呢？反莫扎特主义又是什么啊？"

"你听了莫扎特的曲子之后会出现精神不稳定、想要攻击他人或者破坏扬声器的症状吗？"

我吓了一跳，忙去问帕普金。只听他解释肯定是不行的。"莫扎特的曲子很难听吗？"

"没有，我觉得莫扎特的曲子很好。不过，萝卜青菜各有所爱，还是要看你自己喜不喜欢。反正莫扎特的曲子就算给婴儿听也不会造成什么不良后果。"

"那我就选'否'吧"。

傻子才会在这种无聊的问题上浪费时间。我在平板上点了"否",舒了一口气。希望下个问题还是正常点吧。

我这么想着,屏幕上跳出了下一页。看完问题以后,我感觉到了一阵失望。

"你是反咖啡因主义者/咖啡因过敏者/反咖啡因宗教信仰者吗?"

这都是什么破问题,简直不知所云。

"最重要的是要诚实地回答哦。"

"什么?诚实地回答这种问题吗?"

我看到帕普金那极其认真的表情,就知道他并不是在开玩笑。但是我理解不了这些问题啊!他狐疑地看了我一眼,开始给我解释:"虽说你们在入队之后都会接受体检,但是每年还是会有十几个人因为食物过敏被辞退。商联多多少少也做出过一些调整,可总会有人咖啡因过敏。"

"哦哦,这个我知道。"应该跟花粉过敏差不多吧。要是进了太空以后过敏那可不是闹着玩儿的。想到这里,我觉得这个问题问得还挺好的。

……不对,应该说是挺应该的。

我点了"否",又开始祈祷下个问题正常一点。

结果依然令人失望。接下来的又是莫扎特和咖啡因这类无聊的蠢问题。我不得不向帕普金提出质疑。

对于来自爬行动物的蛋白质是否抱有某种宗教感情?我在这个问题下面选择了"否"之后,终于忍不住开口了:"我已经连着回答了二十来个这种蠢问题了。然后呢?这样的问题还有多少？"

净问些个有没有信仰基督教、犹太教、伊斯兰教或其他多神宗教，有没有因为宗教戒律而产生饮食上的禁忌这种重复的问题。而且，把咖啡因是否为宗教禁忌这种蠢问题单列出来难道不是很不走心吗？

"为什么这么问？"

"帕普金先生，我再确认一下，我是要去端枪的吧？"

"是啊，为什么要这么问？"帕普金还理所当然地点了点头。脸皮可真厚。

"我可是要上战场的人了，这就是你们给我的说明吗？"

政府部门的工作真是太不到位了。我回答了这么多问题，其中最正常的一个就是咖啡因过敏的问题。有这么浪费别人时间的吗？！

"这种毫无意义的问卷到底要做到什么时候？"

"嗯？怎么了？"帕普金竟然还漫不经心地单手托着腮。我感到非常不满，指责道："这些问题基本上都没什么意义。你们设计这些问题是认真的吗？怕不是在耍着我玩吧？"

我倒是想看看，这些问题还能有除了耍人之外的意义吗？我不知道这是入队前的考试还是确认程序，不过搞不懂他们的目的让我十分不爽。我接着说："设计这些问题的人在想什么？"

"问得好，明先生。"帕普金满面笑容，仿佛我说出了什么重要的真相一般，拍了拍手。

"你是在耍我吗？"

"绝对不是。我是对你感到惊叹。"

"惊叹？"

帕普金略有些夸张地笑了一下，那神情仿佛在说正是如此。"你觉得大部分应聘者在做这些题的时候是什么反应？不妨猜猜看。"

"肯定是一副惊呆了的样子。不然就是愤然离开呗。"

"恭喜你答错了！正确答案是，他们都把这些问题当作什么极其重要的东西来看待。明先生，你所表现出来的质疑精神真是非常的难得。"

我被他这么称赞了以后，不禁喷笑了出来。

"等一下，帕普金先生。你遇见的应聘者都在认真地回答这种问题吗？"

"毕竟就业形势还是很严峻的。"帕普金一脸严肃，我看不透他在想什么。

"我所见到的应聘者大都把这些问题当成对他们态度的考验，拿出了极其认真的态度来努力回答。"

"他们怕不是装作很认真地思考吧。只有平时不会动脑的行尸走肉们才会相信这种毫无意义的东西有什么深层含义。"

"你怎么会这么想呢？万一这是个无意义测试，就是要看应聘者的反应呢？"

"要是无意义测试的话，那问题不是应该出得更加白痴一点吗？"

帕普金耸了耸肩，仿佛在说，真拿你没办法啊。

"这些问题已经够白痴了吧。你刚刚不也是这么说的吗？"

"你是说政府的那些极其注重形式主义的工作人员，会特地把什么莫扎特和反酒精联盟之类的东西拿出来设计成问题吗？"

反正日本政府是不会干出这种事的。只要政府的人没有傻到极点，就不会有人大量地发布这种没有任何意义的文件。这种想当然的言论，就算是最傲慢的政治家也不可能说得出口。

"原来你是这么想的。你说对了，明先生。所以我才会说对你感到惊叹。皇帝的新装里能说出皇帝其实什么都没穿的人本来就少，何况是像你们这种境遇的人。来我这里应征的，基本都是没有退路的人。"

"我收回之前的话，帕普金先生。我之前应该是想错了。这些应聘者可能也并没有那么傻。"

我承认了自己的错误。实在是有点难为情。虽然我周围的人大都是些个废物，但是要是简单粗暴地把所有人都归结为废物的话，那我自己也会有同样的下场。

我接着说："我想要更正一下，他们是有点进取心的傻瓜。虽然还是属于废物的行列，但他们是稍微不那么废物一点的那一批。"

"嗯？"

"说白了，来应聘的不都是些没有退路的人吗？他们都抱着再也不会回来的决心。这样的人要比留下来的人强得多了。"比起只会拖后腿的人来，知道要前进的人要好得多。

"乌拉！你这样想，才更有令我期待的价值。"

"期待？帕普金先生，你说的是真心话吗？"

"很奇怪吗？我不是没有被怀疑过，可我也不是没有感情的机器，也是会感到受伤的。你行行好，饶了我吧。"帕普金这样说着，可是脸上却没有半分受伤的神色。他接着说："我刚刚也说过了，我们要研究新的训练方法。为此，我才会在地球寻找可塑之才。我能在地球上找到像你这样富有反抗精神和批判精神的人，真是走运。"

啊，原来如此。我这么想着，突然意识到了一件事情，不禁讽刺地笑了出来。他当初特地到收容所里找到我，可真不是没有任何企图的。

这个人，从一开始就是有预谋的。

"是你来收容所找到我的吧。"

"对啊。所以我有一种捡到宝的意外之喜。"

那就是说，他一开始是想招募一些跟我情况差不多的人的。跟我解释这么多，也是为了要把我招进军队……不对，应该是雇佣兵部队。

"你考虑得真的很周到了，辛苦了。不过，老实说，我还是有点怀疑，你为什么会把工作做得这么细致呢？"

"这次的实验很重要。我想要在相关人员入队之前确认其是否真的有入队意向。好了，现在我们把话题扯回来，说一下最后的结论。请你确认一下到底要不要签这份合同。"

"我从一开始就没有回答'是'以外的选择了，你知道的。"

"明先生，我知道你想说什么，不过社会是有规则的。"帕普金说着，慢慢地换了种口吻，"下面将对伊保津明进行基于 D4182572 号官方认证资格的意向确认。"

翻译机里流淌出无机物般生硬的声音，没有任何感情色彩。我听到的词还是跟咒语一样的难懂。不过，听惯了的话，还是能知道他并没有在说多么重要的事情。真是的，这会不会太夸张了？

他接着说："你在从事泛星系通商联合护航委员会指定行星原住智慧种族管理局选定业务承接机构——联合国及总督府高级专员事务所联合认证机构认证的特殊太空安保产业之前，是否接受过充分且合理的解释说明？你做出的选择是否出于自愿？"很是装腔作势。

我点了点头。

这不是理所当然的嘛。我只会遵从自己的意志来行动。

所以，尽管前途未卜，我也还是做好心理准备，同意了。

"是的。"

"很好。至此，合同成立。"帕普金的语调很是满意，他的语气里稍微带着点完成一项工作后的安心感，想必感觉很不错，但那是帕普金的事情。我的工作大概从现在才刚刚开始。因此我求知若渴，又问道："那今天签了合同之后到我正式入职这段时间我该干什么呢？"

听完我的疑问，帕普金递过来了一个小册子。上面写着《指南》。真是简单明了。

"从现在开始，到正式入队，是你的自由时间。因为你们要从伦敦太空港乘坐飞船出发，所以最好在这里待命。对了，如果你想的话，可以随意地进入伦敦近郊任意一个征兵处，在那里你会见到将来的队友。"

"我没钱，这你也是知道的。"

"我只是有义务告知你所有的选项，这是程序，并没有什么不好的意思。"

我也不用再去问为什么了，帕普金像是知道我听不明白，开始解释了起来："和队友见面的时间越早越好。因为要是运气好的话，你和你的伙伴们要一起度过接下来两年的时光。我个人也比较建议你尽早地互相熟悉、互相了解。"

乍一听很有道理，可是我不知为何不是很喜欢他的说法。

我渐渐地发觉了问题所在。他说的话里有些字眼我很不喜欢。他半开玩笑地说那些人是我的"伙伴"，这让我很不爽。

在工作上有一些同事总是不可避免的。我既然选择参军，就已经做好了要跟一群废物共事的心理准备。这我还是可以接受的。

但是，我可不想跟他们当什么伙伴。我是来工作的，又不是来跟人交朋友的。被别人感情绑架真是很麻烦。

"我说完了。你还有什么疑问吗？"

"基本上没有了。不过，我还要提前准备些什么吗？"

我并没有期待着得到什么有用的建议，但是帕普金的回答实在是让我吃了一惊。

"是说出发前吗？想干什么都行。不过，我建议你在前往火星的途中200%地遵守领队的指示。"

"为什么是200%？"

"就是说，建议你能真的摆正态度。"帕普金表情严肃，盯着我看，就像是在审视我是不是没把他的建议听进去一样。如果真是这样的话，那我还真是佩服他的观察力。

"每年都会有一些蠢货，不把领队的意见放在眼里，最后落得个悔不当初的结果。所以前辈的建议还是要听的。一定要记得对前辈礼貌点儿。"

"求求你，别挖苦我了，也别再说教了。"

他的语气和眼神不同，有一种轻佻的感觉，虽然有善意和忠告的成分，但是也有很大成分的揶揄。这个男人真的很奇怪。如果拿眼神和语气做个比较的话，那肯定是眼神更能流露出人的情感。要想知道一个人究竟在想什么，看他的眼神就可以明白。

"该说的都说了，再深入的我也不能告诉你了。总之，如果你能把我说的都记在心里那再好不过了。"

"也就是说我必须记住呗。对了，感谢你请我吃饭。"

"别客气，咱们都尽兴是最重要的。那我们就火星见了。"

说着，帕普金站了起来，向我伸出了手。我理所当然地握了握。

就这样,我向着未来迈出了一步。

……不过,与其说是我迈出一步,倒不如说我别无选择。我要么远赴太空,获得自由,要么就得留在日本,被"仁慈"的日本政府关进收容所。

我被日本政府认定为精神障碍者。所以远赴太空究竟是不是我内心真实的选择,这将永远是个谜。

要是我有得选,也不会想去太空中参加战争。

但是,我必须这么做。

这究竟算不算自由意志,我想大概只有那些了不起的学者才知道吧。不过,不管怎么说,为了掌握自己的未来,为了摆脱那群丧家之犬生活的垃圾场,我总算是做出了一点行动。

怎么都好。只是不要妨碍到我。不要阻挡我前进的脚步。

挡我者,死。

CHAPTER 2
第二章
货物

什么是经济舱?
归根结底
就是由于"经济上的理由"
而选择被当作"货物"的阶级
所乘坐的船舱。
商联标准"货运"飞船乘务人员的戏言。

往返于地球—火星之间的定期货运飞船TUE-2171是KP-37系列的标准载货飞船。商联将KP-37系列广泛应用于星系内的货物运输。该系列飞船可以把货主和驾驶员从烦琐的步骤中解放出来,由于几乎可以做到全自动驾驶而受到广泛好评,被誉为传说级的飞船。

尽管商联一贯追求彻底的自动化作业和效率化运输,但是在飞船设计领域,这并非易事。幸好他们的设计主任技师凭借其高超的技术攻克了各种难题,完美地完成了设计KP-37系列飞船的艰巨任务,当真令人惊叹。如果了解商联人的秉性,就会对此感到惊讶。

商联人向来把降低成本放在第一位,可KP-37系列却将商联传统的节约成本式设计和飞船的可靠度、安全性完美地结合起来。

　　这一系列星系内货运飞船船体坚实、易于操作、设备齐全，引来多方求购。当 TUE-2171 货运飞船被投入地球—火星定期航线时，商联内部甚至爆发了反对意见，认为把如此优秀的飞船投入这种边境航线简直就是浪费。

　　这种内幕，我在发迹之后，有太多的机会了解了。

　　更令我难以置信的是另一件事。地球商联竟然会为了运送"烧鸟"们下这么大功夫。我能够尝到茶的味道，可能也是他们计划的一部分吧。

　　但是，和商联的各大氏族不同，当作为他们所辖州的公民被塞上 TUE-2171 飞船的时候，我只能说，当时我脑袋里想的全是：商联不是在玩我吧？

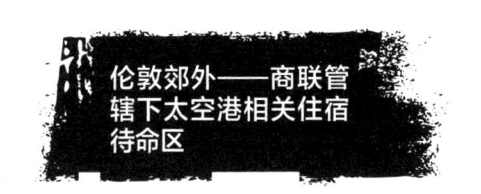

> 伦敦郊外——商联管辖下太空港相关住宿待命区

  登船之前的流程非常简单。可以睡睡懒觉、玩玩平板电脑、做做俯卧撑……总而言之，就是要待在房间里打发时间。

  我本来做好了心理准备，要应付令人不快的社交场合，但是似乎猜错了。虽然帕普金那家伙在他的开场白里煞有介事地说要"提前和队友相互了解"，我还为此做足了心理准备打算应付一场……但谁能想到，到了伦敦郊外的待命区以后，连个人影都见不到，净是些空房间。

  哎，原因嘛，四处看看就明白了。

  商联只准备了食堂和床这些基本的设施。在屋里转一圈，并没有什么值得一看的东西。时间还有很多。就在附近，有不少大溃败之前繁华大伦敦的遗迹。只要有钱，就可以走出萧条的待命区前去观光。我想谁都会去的。要是我有钱，我也会去。

待命区里空无一人，由此可以推断我的四个队友应该都有点小钱。虽然不知道伦敦物价如何，但是他们应该有足够进行自由支配的金钱。也许我事先应该从帕普金那家伙那里预支点报酬的。想到这里，我不禁摇了摇头。借钱简直就是给自己套上枷锁嘛。

老实说，我从摆脱了电子手铐和腰绳、重获自由的那一刻起，就不想再给自己套上另一副了。

人们常说，要知足常乐。而且我的队友们都出去观光也不是什么坏事。能推迟和那群派不上用场的家伙见面的时间，还能在这段时间里独享房间，我还得感谢他们呢。

帕普金说最好要了解队友的人品，这种想法虽然有一定道理，但对我来说，这不过是个天真的幻想罢了。

反正都是一群废物。

对他人抱有期待和信任，就会遭到背叛；就算有所防备，也会难避偷袭。和他人交好，就像亲手签署自己的死刑执行书一样愚不可及。

话说回来，我也明白作为一个正常人，适当的妥协、缓和紧张的气氛还是有必要的。因此，虽然我很不情愿，但还是要与队友进行沟通。

就凭我在备考期间学到的那点 ABC，还不足以掌握一门外语。我也不敢保证其他人都懂日语，这就很难办了。哎，也不知道是不是幸运，周密如商联，连这个都考虑到了。

登船前，工作人员给了我一个肩挂式翻译机和一副耳塞式接收器。和帕普金赞不绝口的那个是同款。

我接过来以后，坐到指定位置，要了工作人员推荐的免费碳酸饮料，呷了一大口。就在这时，陆陆续续有人进来了。这下我就要和同一个分队的队友们见面了。真是一场考验啊。

打头进来的是个黑人，性情爽朗、体格健壮。他严肃端正的长相给人一种压迫感，但是那快活的表情又中和了这种感觉。

他用声调悦耳的英语说了些什么，接收器里就传来了机械的女声，用标准的日语滔滔不绝地翻译起来，给人一种怪异的失衡感，让我觉得滑稽。

哎，这也算一种平衡吧。

于是我姑且敷衍了他几句，没想到他竟然也和我一样笑了出来。

"你这么柔柔弱弱的，挺有趣。是那个趋向吗？"

"我听着你也是女声。"

"嗨，原来是这玩意儿搞的鬼。"

他轻拍了几下肩上挂着的翻译机，夸张地耸了耸肩，从架子上拿了本还看得过去的杂志读了起来。

我们没有过多地相互干扰。

要是都这样的话还行。我正这么想着，又有人来了。这次是两个，一个男的皮肤微黑、少言寡语，女的看起来像是亚洲人，貌似挺好接近。

"是一起的吗？那就请多关照了。"

只见新来的男性抬了抬手算打过了招呼，女性礼貌地点了点头。说真的，我本来以为这种类型的女性会话多、麻烦……幸好，新来的这两个人并不特别讨厌。

但他们在讲我并不想听的自我介绍时，也还是有点惹人厌。

尽管如此，如果那个微黑的男人不作自我介绍的话，我还真看不出来他是一个瑞典人。相反，我会误以为他是从中东那边过来的，因为资源贸易发了点小财，才想着要冒险误闯进来的。

另外，还有一件事让我感到意外……新来的那个女性好像是个中国人。黑人是美国的，我是日本的，再加上那个瑞典人，我们都是曾经的发达国家公民。

我们这种曾经的发达国家现在已经没落，算是前途无"亮"了。要是想出头，只能在宇宙中做这种类似佣兵的活。相比之下，中国是个新兴的发达国家，有着巨大的资源埋藏量和人口数量，发展后劲十足，怎么中国人也会来做佣兵呢？

不过也是，林子大了什么鸟都有。

我讲礼貌，其他人也没有傻到把这种事点破。

麻烦的是剩下那个人。

那个人是踩着点到的。她是个白人女性，刚到就往舱里打量了一圈，接着大大地叹了一口气。显然不是个讨人喜欢的人。

她外表还算体面,身形挺拔,一双碧眼意志坚定,看上去还不错。

但是,她一上来就气势汹汹,一副要找碴儿的架势!

明明她来的最晚,却还要叹气,还要抱怨,说什么"帕普金那家伙,到底是怎么选上的这些人哪"。真是一派胡言!

现在抱怨还为时尚早。虽说惊讶是轻蔑的开端,但是对于这种敢想敢说的傻瓜,还是不能一概而论的。由于受到的冲击太大,我不禁对她产生了由衷的佩服。那我索性夸她一句天不怕地不怕好了。

那女的冒冒失失闯进来以后,整个舱内气氛都变了。不祥的预感、忐忑的心情,最糟糕的是大家开始疑神疑鬼。

初次见面,无从了解一个人的危险程度,这让我感到十分不舒服。这新来的,嘴里随时都可能蹦出几句惊人之语,而且不懂什么叫距离感。尽管大家都做出一副漠不关心的样子,可这个人还是像个炸药包一样,一点就着。谁都不想跟她有过多接触。

房间里弥漫着一种诡异的紧张感。突然,"嘭嘭"的敲门声响起,终结了房间内微妙的对峙。门外的人只是象征性地敲了敲门。我们还没有反应过来,门就开了。出现在门口的是一个长相丑陋、身穿制服的男人,大概是一名船员。我们把目光投向他,可他却浑然不在意,轻轻地抬了抬手,不甚真诚地说:"打扰了。"

我听不出他是哪里人,因为耳机里传出来的还是那个万年不变的机械女声,虽然柔和,却没有个性。然后,那个船员漫不经心地拿出了一沓纸,大概是名单吧。然后他就开始对照那个名单来打量我们几个人的脸。

"嗬,大家都到齐了。真是少见啊。"

这是在夸我们吧。只见他微微点了一下头,又开始打量我们。

"是帕普金招募的小分队吧?那挺好,能省不少事。"

他摆出一副询问的架势,实际上却并没有给我们回答的余地,一直在自说自话:"提上你们的行李跟我来。我带你们去宿舍。"说完,他再也没有任何解释和说明,态度冷漠,仿佛在告诉我们不要废话,赶紧照做。

话说回来,穿制服的基本上都是这种人,服务精神也就是骗骗我们。还是冷静点为好。

现在来看,孑然一身反倒是落得轻松。

我利落地追上了船员的脚步,出了门。剩下的人惊慌失措地站在原地,惊慌失措地四处张望。

复合港湾设施的行星轨道升降机跟太空港直接连接,我本来还想着到这里之后终于能见到一两个商联人了,结果连个人影都没看到。不知道他们是不跟当地人住一块儿还是压根就不住在这里。

不管了,反正等到了火星的训练场地以后,能看商联人看到腻。

我在来的路上还想着途中千万不要出问题,可是刚上了船就开始担心起别的事情来。

一踏进船舱,映入眼帘的就是一条毫无特色的通道。还有毫无吸引力的床,简直跟收容所里的一模一样。而且,船舱被粗暴地隔成了几个部分,说好听一点是船舱,实际上就是个集装箱。这样的条件,实在是跟"舒适"搭不上边。

真是让人不禁想要叹气。

但是我也没有别的选择了。正当我想要踏进船舱的时候,听到了一个刺耳的声音:"开什么玩笑!这么窄的房间,竟然还要跟男人一起住!"一个声音透过翻译机传出来,歇斯底里的。这个声音的主人在刚登上飞船那会儿就让人倒尽了胃口。正因为如此,我感觉自己把这个白人女性评价为白色的噪音源简直是太中肯了。

哎,确实,这个房间再怎么说都不能算宽敞……而且还要跟这个噪音源同处一室,这叫什么事?先前我可没有料到这种情况。

我不禁叹了口气,抬头望天。就在这时,船员的话给了我致命一击:"你们这些货物,欢迎来到TUE-2171号飞船。"

狭窄的床位,没有任何装饰的船舱,船员那形同虚设的说明,都让我十分震惊。

总之,我们就是一批要被运往火星的有生命的货物。船员并没有拿那些欲盖弥彰的解释来搪塞我们,我反而有点感激。我们既然都像货物一样被塞到这艘飞船上来了,与其听一些冠冕堂皇的说辞,还不如直接期待真相,最起码那样会让我好受一点。

不过,说实话,听着翻译机里传出来的那种无机质般的声音,实在不是什么愉快的体验。

"你说什么?"那个白人女性涨红了脸,难以置信地尖声叫道。反观船员,却用平淡的语调说着惊人的话语:"你送货的时候会把男装和女装分开运输吗?那你这个习惯可真够奇怪的。"言外之意就是没有这么干的。他不耐烦地摆了摆手,说道:"随你的便吧。"

"什么!?你怎么这么不负责任?"

哼,你以为跟这些穿制服的人争辩,他们就会改变主意吗?天真。还有,只有傻瓜才会跟穿制服的人找碴儿。当然,如果被他们蒙骗的话那就要另当别论,但现在这个船员可是在好好地给我们解释,这都能闹起来,那可就没道理了。

我不禁摇了摇头,几乎可以预见到未来是一幅何等惨淡的景象了。最开始我还以为她是个有勇气、有骨气的人,现在看来,不过是个傻瓜罢了。

于是,为了事情能够顺利进展,我开口插了句话:"好了,不要再浪费时间了。我们还有别的什么需要注意的地方吗?"

"哎,你……"用不着翻译机,我也能感受到那个白人女性的无能狂怒。她的那双蓝眼睛里的怒火几乎要化为实体,把我和那个船员射杀。而我跟船员却毫不在意,继续说着:"要接着说吗?"

"当然了。"我漫不经心地开口。就在这时,那个女人在旁边插话，然而说出口的话毫无意义："不要打断别人的话好吗！"

"你们内部的事情自己解决妥当。之后我再来与各位绅士淑女进行文明人的交流。反正我们在抵达火星之前也没有别的事情可做，有的是时间。"说着，船员向我投来了询问的目光，仿佛在确认他是否要继续说下去。我点了点头，反正在傻瓜身上浪费时间有百害而无一利。

于是那个船员继续说道："帕普金曾经说过，他招募来的小队在去往火星的途中要接受一些进修培训。在这方面你们是不能偷懒的。"说到这里，他好像突然想起来了什么事情一样，拍了一下手："哎呀，不好。差点给忘了。我再补充一点。"

说着，他面朝那个白人女性，似有若无地叹了口气，说："原则上，我们建议你们小队内部互相进行自我介绍，之后不管是换房间也好，一起睡也好，甚至自相残杀，我们都不会过多干涉。"

船员又留下一句"我说完了"，仿佛是要给我们展示他有多累一样，活动了一下肩膀，摇了摇头，接着又跟刚刚进入船舱时一样，漫不经心地走了出去。

他的身影很快就消失了。

然后，狂怒的人突然又开口讲话了。

"……这下我可以接着说了吗？"她用那双充满自信的蓝眼睛盯着我们，仿佛在说，事情你们都清楚了。真是的，她到底是误会了什么才会这么傲慢呢？

"该说什么呢？先自我介绍一下吧。"

虽然瑞典人很努力地想要让谈话进行下去，可是他的努力注定是要白费了。那个白人女性从鼻腔里发出了一声不屑的冷哼，说道："首先要分配房间，不是自我介绍。"

"嗯？你是认真的吗？"

"我可不知道你在瑞典的时候是怎么样的，但男女不同寝可是常识。"她的意图很明显，就是要按性别分房间。虽然这么说有点小看人的意思，但我还是要说，这个白人女性似乎觉得按照性别分配房间是金科玉律，对此深信不疑。

于是我说："这个主意不错。"

"日本人，你怎么回事？"黑人向我投来了疑惑的目光。

我无视了他的疑惑，故作殷勤地附和她，还一直对她使用"您"这个称呼。"实际上，我也是这么想的，可是不太好意思说出口。您能说出来真的是太好了，我感觉一下子轻松了好多呢，英国人。"

我故意嘲讽她："那么，就请你们拿上行李赶快出去吧，再换两个绅士住进来。对了，您能找到愿意跟您换房间的热心绅士吗？"

"喂！"她不可置信地站直了身子。这个人真的是太好懂了。

"为什么是我搬出去？我是说让你搬出去，是你！"

"是我先说的呀。要是你先提出来的话，那搬出去的不就是我了吗？"

我指了指门口，示意她出去，然后就扑到了床上。这床真硬，床垫有就跟没有一样。哎，不过我都习惯了。

"你还是不是男人？"

我摆了摆手，示意她该干吗干吗去。

"日本人说得对。英国佬，你太任性了。帕普金也没有说我们这次是要乘坐豪华客船去火星旅行的。你要么就忍，要么就走，我们不会拦着你的。"

我点了点头，黑人这番话说得有道理。

从一开始我对这个黑人的印象就挺好的。我也许可以跟他合作，说不定会很愉快。

还有另一个人，怎么说呢，就是那个瑞典人，到现在为止没有说过一句废话，这很不错。

这时候，我又想起另外一个人。

"那你打算怎么办呢？"我和黑人把目光投向中国人，催促她尽快表明立场。可她却只是耸耸肩，一副无所谓的样子。真是让人不爽。可是不知道为什么，她这么做总让人觉得理所当然。

"不管怎么样，你拿个主意吧。"

"怎么了？"我一头雾水地问。对此，她只是拿手拢了拢那头乌发，用那女高音惊愕地答道："什么怎么了？你刚才说请'你们'搬出去，这不是连我一块儿赶出去了吗？我觉得这不太公平。"

我瞥见她那黑色的眼睛里划过一丝怒气。

我突然意识到,好像真的是这样的。

一直在大喊大叫的是那个白人废物,跟这个中国人没有关系。

"……那倒也是。不过我也没有要赶你出去的意思。"我重重地点了点头,承认了自己的错误。如果我太过高调,就会孤立无援,那就危险了。说实在的,刚刚我真的说错话了。这个中国女人真的是有点难搞……不过现在正好是偃旗息鼓的好时机。

在谈话告一段落的时候,我听到有人拍了拍手。循声看过去,是瑞典人,他的脸上浮现出困惑的表情。

"说我们是伙伴可能还是有点早,但至少不要自相残杀。"

"我是个热爱和平的人,不过,这也是有条件的。如果谁有怨言的话,那就去找最开始找碴儿的人理论吧。"瑞典人居中调停,黑人一边点头表示赞同,一边把视线投向那个白人女性,仿佛在说她就是那个最开始惹麻烦的主儿。

那个瑞典人好像特别爱和稀泥,真是让人头疼。在别人反对他之前,他总能把话圆得滴水不漏。

"大家也都不想再争论了吧?"

我和黑人刚刚点头表示赞同,他就拍了拍手,径自说了下去:"那刚才的事情就算了吧,就当是翻译机出问题了,怎么样?"

然后,刚才一直态度暧昧、保持微笑的中国人也开始表示赞同,她接上话头,说道:"我也不知道现在是个什么情况,总之,我觉得我还是先做个自我介绍比较好。不如大家都来自我介绍一下吧。"说着,她向那个白人女性使了个眼色。

这个白人还是有一点脑子的,至少可以看清楚当下的局势对她不利,于是顶着四个人的目光,她还是挤出了一个堪称完美的微笑,点了点头:"如果可以的话,我很荣幸。很高兴认识大家。"

至此,争执暂告一段落。

黑人摆手,示意明白,开口说道:"那么,我先来吧。嗯,请各位多关照,我是泰隆·巴克斯特。"

现在是自我介绍时间。我们几个人之间的关系并没有好到可以互称名字的地步,说实话,我们也并没有想要搞好关系的意思。不过,还是提前互相了解一下比较好。

其他人可能也是这么想的。黑人自报家门之后,其他人也按照顺时针的顺序开始自我介绍。

"我是杨紫涵。你们可以叫我的名字,紫涵。"

"埃尔兰多·马尔特奈恩。多关照。"

轮到我了。我开口说道:"伊保津明。"

最后,终于到那个白人女性了。她脸上挂着热情的笑容说:"我叫阿玛利亚。啊,全名是阿玛利亚·舒尔兹。"

下一刻,之前的努力瞬间白费了。

"我并不打算跟你们有多亲近。"

即使之前有人想要跟她搞好关系,就凭她说的这些冷淡的话，也会让人退避三舍。这个浑蛋，从一开始就居高临下，省去了我们去跟她打交道的工夫，还真是得谢谢她呢。

先不论外表，她那性格就像沼泽一样，烂到根儿了，简直让人不想靠近。

但是，我还是要说，但是。

那个中国人和稀泥的本事真是令人惊讶。

"也许我这么说不是很好听，但是我觉得她说得也有道理。实际上，我们也并不是很了解对方，不是吗？"她看向瑞典人，征求他的同意。令人感到意外的是，瑞典人好像不是个怕麻烦的人。这个人长相像个中东人，可是却是个和平主义者。这种人，为什么会来当星际雇佣兵呢？

"嗯，我觉得她们的话也不是没有道理。我们迟早都会慢慢地熟悉起来的，不是吗？"

"我们什么时候说过要跟你们搞好关系了？我们现在该商量些什么，能请教您一下吗？"黑人突然插话，这话里充满讽刺的意味。

对此，瑞典人表情平静地回答："那我就举个例子好了。嗯，比如，我们为什么被叫作YAKITORI？我对这个很好奇，正好大家聚在一起，我想听听大家的想法。"

他真的是选了一个好问题。所有人都对这个问题感兴趣，而且这也是一个不容易引起争端的问题。

要是有谁反驳这个提议，那就显得太傻了。黑人瞠目结舌，旋即苦笑着摇了摇头，也只能这样了。

"那我们就照瑞典人说的，群策群力，讨论一下呗。"黑人说道，然后话锋一转，说出了心底的不满，"我以前也听说过，我们做的这份工作好像是被叫作YAKITORI。我本来感觉这个词肯定是哪国外语，如果翻译一下肯定就能明白是什么意思了。可是，翻译机好像只能音译。真是搞不明白。"说完，黑人把询问的视线投向众人。

回应黑人的询问的是那个英国女人："我觉得这个词不是欧洲来的……至少不是拉丁语。是不是什么外来词呢？我反正是没听说过。"

我漫不经心地随声附和，而瑞典人则若有所思地点了点头，看上去颇为赞同。我感觉他是那种只要认同一点，不管接下来有多少废话，都会点头赞同的人。

这种人应该不太可信……先不谈他是不是个彻头彻尾的应声虫，像他这种做派我是不大能看得上眼的。

那个叫紫……什么来着，那个中国人点头表示同意："说真的，这个发音太奇怪了……但是听起来有点像日语。不好意思，你知道这是什么意思吗？"

话头递到我这里来了，我就开口回答："YAKITORI……真是的，要是翻译过来我肯定知道是什么意思。YAKITORI、YAKITORI……我知道了，是烧鸟！"

"是说那种吃的烤鸡肉串吗？"中国人呆愣愣地问。

我点了点头："是的，就是烧鸟。在日语里这个词就是这个意思。"

"我说日本人,你的意思是说我们都是烧鸟吗?"

"你问我我问谁去?反正在日语里是这个意思。"

我也就知道个词。我收入低,配给券根本买不到这些好东西,一日三餐只能吃那些流水线生产的劣质食品,口感极差,跟橡胶一样。

不管怎么想,我都想不明白雇佣兵怎么能跟烧鸟扯上关系。要是之前能跟帕普金问清楚就好了。

"所以说,YAKITORI这个词在日语和斯里兰卡语里都是烧鸟的意思吗?"原来这个英国佬也会跟正常人一样说话啊。可能是因为商联人来到地球给她带来了冲击,所以她才学会了用正常音量说话吧。

不过,我突然察觉到一丝异样。

"斯里兰卡语?嗯?我是不是听说过……"

"那是商联的通用语,日本人。"黑人向我解释道。

我向他点头致谢。原来是这样。这么说来,我应该确实是听说过。

"你们是认真的吗?"

瞧瞧,又来了。这个英国佬到底想干什么?我向她投去了略带怒意的目光。

"我不信。我感觉他说得不对。"她晃了晃那金色的脑袋,继续说道,"……没道理外星人要特意使用地球上的语言,这不符合常理。再说了,有斯里兰卡语这种语言吗?"

"你说什么?"

真是拿她没办法，总是说一些让人听不懂的话。

我只知道，跟他们讨论到现在，没有任何结果。要说有什么值得一提的，那只有我们没有把矛盾赤裸裸地诉诸暴力这一点了。

"不管怎么说，我们能冷静下来最好不过了。"

"嗯，同意。"这是瑞典人和中国人居中调停得来的和平。

这是我们能达到的最好的现状，这一点我非常同意。不过，这样就能把问题扼杀在萌芽状态了吗？我对此深表怀疑。其实这也能算是一种进展，因为我们至少前进了一步。

大家达成了一致意见，姑且假装这个问题我们已经明白了。于是，房间里紧张的气氛得到了短暂的缓解。

不管跟什么样的人，跟别人凑在一起的时候都很少有从一开始就发生冲突的情况。相反，关系逐渐恶化的状况却很常见。人们彼此谩骂，乃至大打出手都不是什么稀奇事。

我们五个人虽不至于谈笑风生，却也在这个小小的房间里相安无事，一起透过屏幕看着飞船向火星飞去。

"这里是船长室，现在向全体船员和烧鸟通报，本次飞船即将启航。"船长通过全舰广播系统发出通知，关闭了舱门。然后，飞船内就形成了一个完全封闭的环境。

飞船沿着管制用诱导灯的指引，踏上了飞往火星的旅程。随即，不知是为了鼓舞士气，还是对我们的前途发出祝福，飞船上的扬声器内传出了激昂的音乐。

就这样，定期货运船TUE-2171驶离了太空港。

就这样，我们这些被冠以"烧鸟"这个奇妙名称的雇佣兵开始了迈向宇宙的征程。

在飞船离港的瞬间，我突然有了踏上一段新旅程的实感。在飞船还跟廊桥连接着的时候被抛诸脑后的问题现在全都涌入了我的脑海。

就是……唉，真不想承认，我大意了。我之前以为，在我们几个人之间爆发出真正的矛盾之前，至少还有那么一点点的冷静时间的。

现在看来，没有了。

我可以想象飞船内部是多么的拥挤，也已经习惯了这种拥挤。福利机构内部都是这样的。逼仄的社区，拥挤混乱的公共食堂，过度饱和的收容所，这些都是标配了。

我生于日本，从刚出生那一刻起，就注定了我们要生活在拥挤的人群之中。

因此，我大意了。我承认。在我得知到了太空里必须要跟别人一起生活在狭窄的空间之内的时候，我还傻傻地想，这有什么不能忍的……

现在看来，是我的想象力太匮乏了。

宇宙飞船这种封闭拥挤的空间简直就是噩梦。被当作货物塞进这艘飞船上，这对我们来说简直就是一种惩罚。就说床吧，你们可能不信，这床极其不舒服，我甚至都觉得收容所的床更令人怀念。

人工重力非常折磨人，我感觉自己的半规管[①]非常难受，

[①] 人和脊椎动物内耳迷路的组成部分，能感受旋转运动的刺激，能引起运动感觉和姿势反射，以维持运动时身体的平衡。

都快要支撑不住了。

除臭装置一直在运转，显示舱内的空气质量正常。这就很令人不快了。空气质量仅仅是正常，而不是清洁。

只要不产生直接影响，那就不是问题。黑人说这艘飞船就像是奴隶贸易船一样，我深表赞同。飞船里有数以千计的人，所有人呼出的气息都混杂在一起，被循环装置不彻底地处理。在这种令人生理性不适的情况之下，我也找不到比奴隶船更贴切的比喻了。

最后，我们还只能在噪音的骚扰之下极力忍耐。

这次我说的不是那个白人噪音源，她这个人虽然也非常令人头疼，但是现在折磨我们的是飞船从启航的时候就开始播放的莫扎特。

一开始我们还能欣赏这慷慨激昂的乐曲，可是要是整天都播放的话，就不是那么回事了。在人不舒服的时候没完没了地播放乐曲，那我们心里涌起杀意也是必然的。

跟我们同乘一艘飞船的其他人也是一样的心情。在这种环境之中，有人想要把扬声器砸烂也是正常反应。想要殴打浑蛋的心情，对任何人来说都是一样的。

但是，破坏欲只存在了一瞬间就灰飞烟灭了。

谁能想到，商联人竟然把扬声器用军用的装甲板之类的材料罩住了。不仅如此，扬声器内有一种装置，一旦受到攻击，音量就会变大。所以，越是卖力地击打，烦躁就越是会翻倍增加。

莫扎特的曲子响彻船舱。要是没有船长把控全局,调小扬声器的音量,那全体成员都会因为睡眠不足而倒下。真残酷。在我们进入太空之前,倒是接受过风险说明。可是,谁也没有告诉过我们,太空中的生活是这么的难熬。这跟拐骗有什么区别?

多希望能快点到火星啊。我太想念真正的重力和正常的床了。

天不遂人愿,TUE-2171 的航程才刚刚过半。在这种状况下,我们 K321 小队的五个人还要参加所谓的新教育项目,学习一些基础的课程,简直不能更糟糕了。

我们在上课的时候,还要在翻译机传出的五种语言交杂的噪音中默诵学到的知识!这种安排真的不像是正常人能做得出来的。没有办法,在商联人改进翻译机的接收器,可以做到音声直接入耳之前,也只能忍着了。多亏了我的忍耐力比较强。

在这种填鸭式教育的影响下,我的脑子都转不动了,感到非常的疲倦。这种折磨简直无法用语言来形容。

硬要找个例子来形容一下的话,这种感觉大概就跟熬夜差不多,可是困意和身体的疲劳程度都比熬夜要严重得多。

最致命的是飞船上的伙食条件,只能用恶劣来形容。为了能在失重空间里进食,把食品做成管状这我可以忍受,毕竟是在太空中进食嘛。

可是问题出在食物本身上。

食物的种类非常单一。尽管只有一种口味的食物，那味道好点我也认了。可是，这里的东西总是能一再地挑战人的底线。

食物包装上，写着这么一句话：完美地做到了营养均衡。商品名叫"超满足"，所以包装上印刷着好几种语言的"超满足"字样。我就不明白了，就凭这种东西，怎么才能让人满足呢？

就这样，我们在恶劣的伙食条件、封闭的环境和让人摸不着头脑的特殊教育项目三重折磨之下苦苦挣扎。我也因此承受了沉重到难以想象的压力。

就连我都这么难熬，别人怎么样可想而知。一群需求得不到满足的人在逼仄的船舱中待久了之后，发生冲突只是时间的问题。

"空气太浑浊了。喂，日本人，把冷却器打开。"

"或者想办法把扬声器关掉也行。"

"同意。想想该怎么办吧，老这么着也不是办法。我现在脑子都要坏掉了，简直想把莫扎特再杀死一次。"

我和黑人一边小声抱怨一边在船舱内享受难得的自由时间。就在这时，那个白色噪音源毫无意外地又跟过来了。

"我劝你们还是省省吧。开什么玩笑，难道你们还不长记性吗？还想感受一下大喇叭有多烦吗？"

我们又没有真的打算去动扬声器，哪里轮得到她在那里指手画脚的。我还想说她呢，开什么玩笑，连玩笑话都听不明白。

黑人叹了一口气,开口说道:"英国人,你知不知道请人帮忙要有礼貌啊?"

"就是。"我也开口要求她讲点礼貌。

"好好好。那么,亲爱的傻瓜绅士们,劳驾,请你们停止这种愚蠢的行为,可以吗?"

尽管隔着翻译机,我也可以感受到她那嘲讽的语气。她的表情让我非常的不爽。

她那种居高临下、理所当然地侮辱别人的姿态让人无法泰然处之。

"闭嘴吧垃圾。你跟扬声器一样惹人烦。"我恼怒地开口。

她拿手按着耳朵上的接收器,呆滞了一瞬,随即爆发了:"小日本,你给我闭嘴!"

空气中充满了火药味,一触即发。

我想着要不干脆一拳把这个碍眼的家伙打飞,这样她就会闭嘴了。就在这时,一只手在我的肩上轻轻地拍了一下。

"又不是热得受不了了,别打架啊。"

"瑞典人,放开我好吗?"

"我也想啊,可是你看看时间,到学习时间了。该走了。"

TUE-2171是货运飞船,所以本身就没有教室之类的设施。但是,也不知道该说幸运还是不幸,有人考虑到该型货船长时间用来运送烧鸟，就在船上开辟了一个小小的角落供我们使用。

正因如此，我们才能在这里上这种无聊至极的课。

"我是教育 AI 马格努斯。现在开始上课。"机械的合成语音从翻译机里传出来，英语、瑞典语、日语混杂在一起。多希望翻译机可以配耳机啊。

不知道是不是因为屏幕发出的光，室内的灯被关掉之后，我顿时感到一股奇妙的困意。而且课上讲的内容翻来覆去就那么一点，也很能勾起人的睡意。

这个课上讲的都是一些非常简单的知识，听一遍就会的那种，毫无新意。基础课程嘛，看来是不会教什么重要的东西了。

我来举个例子，给你们看看基础课程的内容。

商联现在和列强之间保持着一种微妙的关系。列强掌握宇宙霸权。宇宙本来就是一望无垠的荒漠，领土争端这种想法只是行星居民的狭隘思想，在宇宙中，战争的成本过于高昂。因此，列强之间比起热战，更倾向于冷战。

就这样，列强之间尽力避免直接冲突，进入了大殖民时代。如果列强发现像地球这种没有"统一政体"的行星，就会遵循"先到者得"的原则对该行星进行占领。为此，列强之间也展开了激烈的斗争，摩擦不断。为了应对这种状况，商联人才会雇用像我这种非"商联公民"的地球人。

据我了解，目前有三股势力可以称得上是商联的竞争对手。说实在的,我并不是很能理解它们究竟是什么东西。问问教育 AI 马格努斯,这个徒有其名的教育 AI 也说不出个一二三来,所以我也只能把马格努斯的解释照搬过来了。

"商联招募烧鸟的目的是应对行星地表的陆上作战。商联舰队司令部在对作战策略进行了详尽的探讨之后,选择了使用烧鸟作战,并期望这一策略可以发挥作用。"

说白了,我们就是炮灰。高贵的商联人是不会纡尊降贵亲自降落到行星上的。不管是日本人还是外星人,都有把脏活累活还有危险的工作推给别人做的通病。

哦,说错了。我自嘲地一笑。在这一点上商联人还是比较公平的。他们不仅不会强迫别人,还会支付报酬。

而且,帕普金也还算是比较老实,没有骗我。飞船上的这些课程内容,帕普金都告诉过我。

帕普金也好,商联人也罢,我虽然喜欢不起来,可也不是不能忍受。可是这课程……我还是敬谢不敏。

虽然说课程内容很无聊,但这还不是我讨厌它的根本原因。关键是上这种课毫无意义。

我在飞船里听到别人说,火星上有一种"记忆转移装置"。虽然只是小道消息,但基本上也可以算作半公开的事实。

就算随便找个船员去问问也能确定这是真的。

听说使用这种设备,可以把必要的知识转移到脑内。也就是说,别人不用像我们这样拼命地背书,也能轻而易举地掌握所有的知识。要是我以前能接触到这种东西,那备考肯定要更加得心应手。

都是因为这些"无用功",以至于我们在走廊上遇到别的小队的人时,总是会收到他们同情的眼神。

"轨道突击战主要是基于以下三个阶段进行的。"

课程开始,最先讲的又是那些已经讲过好几遍的战术指导,亏他们还好意思把这个称作最新情报。我小小地打了个哈欠,看向屏幕。

不只是我,大家都是这副样子。

"第一阶段要进入轨道。商联舰队在这个阶段会突破敌军的防御,在确保登陆行星的通路安全之后,发出突击作战的指令。"

一个全息影像浮现在我们眼前,应该是某个行星。商联军的舰艇就在这个行星的轨道上列阵。

总之,前面说的那些都是空投烧鸟的准备工作。

"第二阶段要进行的是准备炮击。根据战时交战规程和战局的变化,有时候也会省略这一步。"

全息影像中,商联的舰艇向着行星发射了什么,压制了敌军的抵抗。说真的,我完全不相信实际作战会这么顺利。这肯定是教科书上、教育 AI 口中"理论上"应该取得的结果。

总之,都是一些场面话,正常人谁会相信这个。信了就得吃哑巴亏。轻信之人总会被轻易背叛,这是亘古不变的真理。

教育 AI 马格努斯并不能察觉到我的想法,自顾自地往下讲。

"到了最后一个阶段,在行星轨道上,进攻空降母舰上所搭载的TUF-32型发射器会分散开来,搭载烧鸟的TUFLE会从这些发射器里被发射向行星。"

TUFLE(空降舱)是一种单兵用卵形突击支援装备,由三个部分组成,其中一个部分叫作"兵员区域",届时烧鸟就会坐在这个区域内。

当然,只是听着就能感受到这个装置内部的狭窄。不难想象,TUFLE里头一定比这艘飞船上的床还要窄。

至于这个卵形装备的蛋黄部分,则是由"防护凝胶"组成的。这种凝胶的主要成分是商联军方的机密,不对外公开。当TUFLE进入到行星的大气层后,它那层薄薄的黑壳不足以确保装备内部的安全,到时候保护烧鸟的应该就是这些凝胶。

据商联的管制AI说,商联对烧鸟的安全防范工作十分重视,至今没有收到过哪怕一例问题投诉。

如果这是真的,那真是令人高兴。可是,不知道是幸运还是不幸,我是一个有智慧且理性的人,对这件事持有不同的看法。

"从没有收到过一例问题投诉"这种宣传口号,换一个角度来看,有可能是因为搭乘问题TUFLE的烧鸟无一生还。

死人不会说话。

"自从将TUFLE引入空降作战之后,烧鸟的损耗率剧减,从之前的八成减少到了现在的四成,达成了损耗率减半的目标。"

……也就是说，实现了从字面意义上全军覆没到军事意义上全军覆没的跨越。

真是受够了，我们五个人不约而同地叹了口气。而教育AI马格努斯丝毫察觉不到室内的氛围，继续若无其事地用机械的语调讲述着。

"以上就是今天课程的全部内容。剩下的时间就参照标准教育项目计划，留给大家自由讨论。"说完，屏幕就休眠了，室内照明恢复，露出了几张表情难看的脸。

室内弥漫着令人窒息的沉默。我盯着自己的指甲，茫然地想，不知道啃一啃指甲可不可以缓解心头的焦躁。

我正摇着头，表示对讨论毫无兴趣，那个中国人就开口打破了沉默："我还是不太习惯上课的时候进行自由讨论。"她这话听起来挺苦恼，可是没有什么意义，不过是抒发一下她对以前在中国的生活的感想罢了。不过她的话正好戳到了我的痛处，勾起了我在学校时的不快回忆。而我毫无办法，还得强装平静。可就在她说出了这句话之后，大家就像被打开了话匣子，开始了新一轮的交谈。

"就是说要我们互相确认一下对方有没有听懂呗，跟在学校上课是一样的。"那英国人又嚷嚷了起来，生怕别人不知道她懂似的。

她是在炫耀自己受过教育吗？真是个讨人厌的家伙。不管是那个墙头草中国人，还是这个垃圾英国人，都让人喜欢不起来。

这些先放下不提,我只希望时间能过得快一点、再快一点。待会儿下课,再去吃完所谓的饭,就可以自由活动了。我这么想着,一直闭口不言。

"日本人,你不能老是这样,对什么都漠不关心。不管怎么样,你都得参与大家的讨论啊。说不定我们一起能讨论出点什么呢。"瑞典人说道。

听了他的这番话之后,我皱了皱眉。这个人老是说一些奇奇怪怪的话,简直让人难以忍受。一起讨论?开什么玩笑。

他顶着我不解的目光,毫不闪躲地回视。

好吧,虽然我还是感到不可置信,但是他认真的表情不像伪装出来的。

"我并不想拖你们后腿,同时,也不希望有人拖我后腿。"我的这句话好像给某些人带来了一些感触。不过不是皱着眉头的瑞典人,而是那个黑人。

他轻笑一声。"你倒是一直很坦率。不错,我很欣赏你。这想法很公平。"说着,他伸出了手,"你以后可以叫我泰隆。"他没有太过唐突,也很注意彼此间的边界,我似乎没有理由拒绝他。于是我伸手回握:"我是伊保津明。按照你的说法……你就叫我明吧?"

"你好,明。希望我们合作愉快。"

希望如此吧,我笑了。

"不错不错,带我一个怎么样?"

"中国人?"

"我们不是已经做过自我介绍了吗？你们可以叫我紫涵。比起中国人这个统称，你们不觉得叫名字更亲近一点吗？"

就这么强行横插一杠，真是厚脸皮。她伸出一只纤细的手，要跟我握一握。心这么大，我都要震惊了。她是原本就这么热情，还是私底下有什么盘算呢？我要是握上去，会不会就这样被她算计走了什么？

"不好意思啊，紫涵，我们似乎对彼此不是太了解。你懂我的意思吗？"

听到我充满妥协意味的话语，中国人只是轻轻地皱了一下眉头，随即轻笑出声。

又来了！又是这个做作的表情！真叫人不舒服。这些新兴发达国家的人，心里都在转悠着什么鬼主意！？

"那我们就来培养友情吧！一起去吃饭，一起去玩，大家都来呗！"瑞典人站起身，半开玩笑地说。

我惊呆了，愣愣地问道："你说，一起吃那种东西能加深友谊？"

"共患难是团结的开端啊，日本人。"

哦，原来如此。原来是要分担痛苦。这种东西，我只想跟讨人厌的英国人分享。不过……据说英国的黑暗料理很是有名。不是我抱怨泰隆，这样真的能让那个英国人跟我们受到同样多的伤害吗……

就这样，我和几个心情并不美好的室友被迫站在了统一战线之上，就像一个命运共同体一般，朝着 TUE-2171 内部的食堂走去。

这艘飞船是货运船,其设计的初衷就是能够塞进去尽可能多的烧鸟。因此,在这艘飞船上的食堂里,也就只有几台出售管状太空食品的自动贩卖机和固定在船舱地板上的桌子。

大家按照时间表轮番进入食堂,领取食物。

"……这味道,还是一如既往的糟糕啊。"英国人说。

少有地,我觉得她的话有道理。

这个味道威力之大,能让聒噪的英国人闭上嘴巴。虽然我可以为了让她保持安静付出任何代价,如果这个代价是要吃如此难吃的东西……那还是算了吧。

我以前待过的那家收容所里的饭都比这个好吃。

这玩意儿黏糊糊的,特别恶心。就算我想要生吞,也不得不在咽下去之前嚼几下。这哪是吃饭,简直就是上刑。

再看看四周,无一例外,大家都是这副德行。其他小分队的人也都是一脸菜色,默不作声地吞咽。这种活计可不是好受的,不一会儿就有人开始跟邻桌的人搭话,试图缓解一下情绪。真有意思,这么难吃的玩意儿反而促成了队员们的交流。

今天也有一个被这种难吃的东西恶心到,来找我们搭话的男人。他说:"这东西还是一如既往的难吃啊。而且这里的设施条件还这么差!哎,没事可做,简直是太无聊了。你们队有什么打发时间的法子吗?"

"现在整艘飞船上都知道,你们估计也听说过,我们队举办了个非常有趣的学习会。而且最近我们闲下来的时候还会喝点茶。你们呢？"泰隆略带讽刺意味地说道。

对方笑出了声。等他好不容易笑完了，开口说道："哈哈哈对不住对不住，还真是跟传说中一模一样啊。我们队平时也就是为了冲淡嘴里'超满足'的味道喝喝茶，再看看个人终端里的视频资料。还挺能打发时间的。"

"在看视频的时候，多少可以忽略莫扎特……"他苦笑着说。嗯……用这种办法来转移注意力，不去注意循环播放的烦人音乐，倒不是个坏主意。

得了这么个好办法，我向他点头致谢。

"还有，我们每天都可以跟地球进行一分三十秒的免费视频通话，可以利用这一点时间跟家人联络一下感情。虽然被姊姊骂还挺不爽的，但是能看到弟弟们都过得很好，我还是挺高兴的。对了，你们不跟家里人联系吗？"真是的，他是傻瓜吗？我们为什么非得跟家里联系呢？

"在这种地方生活，真是让人喘不过气来。"

听了这话，我就想，你现在喘不过气来，难道跟家人联系以后就能喘过气来了？可紧接着我就大吃了一惊，泰隆竟然深表同意地点了点头！

"确实，如果能跟家人联系，不管时间长短都是好的。"

"就是。要是有人不需要的话，卖给我怎么样？反正你们不用的话还怪可惜的。"

我是真的不能理解为什么会有人想要跟家人联系，还有，怎么还有人会为了跟家人联系，花钱去买时间！

"你出什么价？"出于好奇，我问出了口。他对我轻轻摇了摇头，说道："兄弟，你要是想把自己用不到的东西高价卖出去，那还是断了这个念头吧。反正我也没有非买不可的理由。"

确实，这通话时间我是用不上……那该怎么处置呢？正因为我不了解行情，事情才会有点难办。

虽说如此，一天份的通话时间，应该也可以换一天份的其他东西。

商联的法律规定，从地球到火星这段路程属于"合同范围内"的路程，因此，在去往火星的这段时间里商联也会支付工资。虽然攒到训练结束总共也没有多少钱，可是在签订合同那一天，商联就给我们开通了银行账户，一直按照规定往里头打钱。

"那拿三天的工资来换三天的通话时间怎么样？或者三天的茶叶也行。"

"不行，太贵了。"他目瞪口呆地站起身。看来是没戏了。果然是卖贵了。不过我也没打算强买强卖。如果跟家人联系是一项义务的话，那我宁愿倒贴钱也要把这个时间给别人，可是事实并非如此，那我也没有非卖不可的理由了。

正当我们重新开始受"超满足"的折磨时，一个声音传了过来："等一下。"

"怎么了，泰隆？"

"有人想把通话时间卖给我吗?我也想听听家里兄弟们的声音。当然,要是开价像明那么离谱的话就算了。"

泰隆提出了交易请求之后,桌上一圈人面面相觑,只有中国人搭了腔:"我的给你。不过我不要钱,当你欠我个人情。"

"用钱买不行吗?"

"不,我只想要个人情。"

泰隆发愁地嘀咕:"欠中国人一个人情,想想就可怕。"

说得没错。

就算是我,也不会想跟一个不了解的人欠人情。更何况,这个人还总是不透露自己的想法,那我就更不想了。

"那你就不买咯?"

"哎……怎么办呢?我还是想要。这个价格是超出我的预算了,不过还是比较公平的,我可以接受。"

听到这里,我不禁脱口问了出来:"真要这么做吗?泰隆。"

"我偶尔也想跟家里人联系一下,跟兄弟们打个招呼。不过进通信室肯定要按照安排的顺序来,不知道我的休息时间跟北美时间能不能对上。"

"跟北美时间有什么关系?"

"喂,你忘了我们现在跟地球上有时差了吗?"

那倒也是,我苦笑一下。不过规劝别人没有说第二遍的道理,欠这个人情是他自愿的,谁也管不了。

自然也不是我能管得了的。

所以,我专心低头进食,接受这味道恶劣的食物对我味觉的折磨。胡乱吃完之后，我把空管子放进了回收箱。

万幸在这之后也就不用再进行集体活动了。

不过，这个时间也没有别的事可做，顶多也就是回房间休息，或者前往拥挤不堪的"交流区"，忍受着从所有人的翻译机里传出来的各个语种的噪音，打听一点八卦。

我之前去过几次，都没有什么愉快的经历。那里流言满天飞，我听完之后，整个人更加疲惫了。

自然，我虽然不太情愿，也只能跟室友们一起行动了。

尽管我们五个人没有手牵手地散步，可也足够让我感到不爽。不过，今天多少有点不一样。泰隆中途离开了。他朝我挥了挥手，就朝着通信室走去，留下我在原地思考，现在到底是该为少了一个能看过眼的人、同行者中讨厌的人比例升高而烦恼，还是该为人数减少而开心呢？

单是看着泰隆步伐轻快、哼着歌离开的背影，就知道他有多高兴。他到底在高兴个什么劲儿？

如果家人真的能令人感到开心和温暖，那学校还有什么必要一遍又一遍地教给我们这个道理呢？

有关父母的事情，我连想都不愿想。摇了摇头，我回到了房间。就在这时，我脑海里闪过一个念头，既然泰隆这么喜欢和家人联系这种苦差事，那我也干脆把我的通话时间用公道的价格或者一个人情卖给他好了。

虽然我不能理解为什么他非要这么多通话时间。

"嗨，家人真的有那么重要吗？"我嘀咕了一句。

中国人却对我的一句废话做出了反应："……重视家人也不是什么坏事呀。"

她一向不爱表达自己的意见，可是今天却难得地说了下去："能够惦念家人的时候还是要惦念一下，不过惦念也不是在任何情况下都是对的。"

我嗤笑一声。

这个人就算表达自己的意见也是两头不得罪。

"你还是那个样子，说话一点都不干脆。"

这时候，爱找我抬杠的人又来插话了。

"野蛮人可不懂什么叫作细心。"是英国人。这个人永远听不惯我讲话。巧的是，我也不喜欢听她讲话。

就算隔着翻译机交流，该不爽还是会不爽。

"那我也是高贵的野蛮人。比起满嘴谎话、烂到根儿里的人，我的肚子里可没那么多坏水。"

"你们两个都冷静一下。不管怎么说，大家吃进肚子里的不都是一样的糊糊吗？"瑞典人又来劝架。毋庸置疑，这个人反应很快。

确实，我们吃进肚子里的都是同样的糊糊。

商联还真是给我们提供了一次"愉快"的太空旅行。有"豪华"的飞船、"美味"的食物、相处"愉快"的伙伴，我真是打心眼儿里感谢他们的家人和祖先。在去往火星的这段旅程中，发工资简直是理所当然。毕竟是这么痛苦的经历，工资可以算作对我所遭受的痛苦的一次性补偿。

"有谁吃了不一样的东西，告诉我们一声哦。"

怎么可能会有。室内沉默的气氛弥漫。瑞典人似乎很擅长收拾这种局面，他拍了拍手，仿佛是在说到此为止了。这种时候拍手似乎是他的习惯。

"再怎么说我们也是同一条船上的人，就好好的呗。"

"怎么才叫好好的？"

开什么玩笑。我先把话放这儿了，不可能的。瑞典人想跟人搞好关系那是他自己的事，我管不着，可是要是拿这个来命令我，那我可不干。我这才是正常人该有的想法。

"别妨碍我。我对你们没有过多的期待，你们也不要想着要求我做些什么。要是你们一厢情愿地对我抱有过多的期待，我会感觉很困扰。"

说到底，人心隔肚皮，该有的距离还是要保持的。

"我们最好保持适当的距离。"

"我很早之前就想问了，亚洲人都像你这样见外吗？"瑞典人突然问道。

我叹了口气。到底怎么样他才会相信我呢？我也没有说要与所有人为敌，只要不是实打实的傻瓜，都知道那么做非常鲁莽。

"信任可不是靠耍嘴皮子就能得到的。"

嘴上越是说着"请相信我"这种话，越是不可信任。

这是理所当然的。

"你只要不背叛我们就行了。"

"紫涵，你怎么……"

瑞典人颇感意外，盯着中国人看。我失去了谈话的兴致。话不投机半句多。

"总之，我们只要不给对方添麻烦就够了。"

我表示赞成，随即停止与他们交谈，扑到了床上。就在这时，我又听到了一个令人心浮气躁的声音。虽然声音不大，可是它没完没了。

又是莫扎特。

不管是这个令人烦躁的音量，还是跟我当下心情不符的欢快节奏，都让人喜欢不起来。

不知道是从哪里传出来的小道消息，说商联人是为了磨炼我们的抗压能力才想出了这么一招。在登船之前大家都打趣这说法简直是痴人说梦，可是现在，所有人都在讨论这种说法的可能性。

啧，真是令人不爽。

"莫扎特真是叫人不痛快啊。"我躺在床上发牢骚。

这时候，中国人又来卖弄她那没用的知识了。

"我虽然并不讨厌《费加罗的婚礼》，但是最好不要在睡前放莫扎特吧。"

啊啊啊，真是的。要是你们也能闭上嘴巴安静一点，那就更好了。我在心里这样抱怨着，精神渐渐地被睡意侵蚀。

去往火星的旅途，还很长很长。

CHAPTER 3

第三章
火星

"烧鸟正在炉中烘烤。"
厨房宣传负责人说。

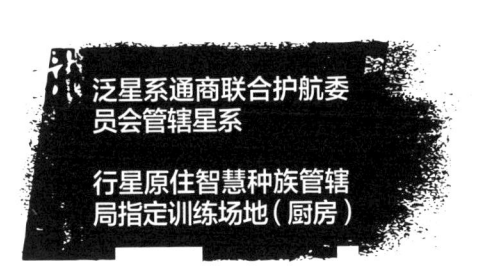

> **泛星系通商联合护航委员会管辖星系**
>
> **行星原住智慧种族管辖局指定训练场地（厨房）**

这种折磨人的日子已经过了多久了？听觉一天到晚被莫扎特折磨，味觉一天三顿被"超满足"折磨。我清楚地记得，肯定有三天以上。可是究竟有多少天，我并不想去数，不想回忆起更多的东西。

我好不容易才抵达火星，简直就是死里逃生。

话说在前头，这并不是为了祈求谁的同情和怜悯而发出的牢骚，只是在商联所谓的正常舰内环境之中过惯底层货物的愉快生活之后发出的声音。

精力旺盛的白色噪音源同样如此。看着她那张没什么用处的俏脸逐渐扭曲，我姑且可以解解闷。不过，叫泰隆的那个傻瓜总是摆出一副疲倦的表情嘟嘟囔囔的，就连我都被他的情绪感染，生出一丝厌烦。

"帕普金并没有说过……"泰隆青白着一张脸，抱怨道。讲道理，他的话我并不能反驳。

几乎所有被塞进货运飞船的人都有着相似的心情。从听觉、味觉到视觉全都受尽折磨，就算理智如我也忍不了。幸好，也不是所有人都这样。比如瑞典人，他就没有表露出任何不满。哎，真是一个沉得住气的人。

可是，令人惊讶的是……虽然我不愿承认，自始至终，只有一个人是真正的沉得住气。

那个我看不透的中国人。真可怕。

算了。我摇了摇头。在飞船上的种种细节已经不重要了，重要的是，我们已经从那个封闭的空间里出来了。

TUE-2171和火星轨道升降机与太空港的综合港湾设施接舷时，船内恰好是午饭时间。但是，知道已经到达火星那一瞬间，我马上就把手上的"超满足"扔到了垃圾桶里。

"登陆"这个词真是充满魅力。比起这个，其他事情都是过眼云烟。登陆之前，船长广播了一段登陆步骤和注意事项，可是我非常焦急，勉勉强强只听进去了一半。

我几乎要患上行星依存症了。要是这艘货运飞船上有窗户，我肯定会把脸贴到窗户上来寻找火星的身影。尽管我如此地渴望，可是，可是……我还没有从船上下去呢。

你能想象舱门打开的那一瞬间我是什么样的心情吗？那一瞬间被无限拉长，长到难以置信。

从某种意义上说……不，说实话，我会感到焦躁是理所当然的。

我从此就要迈向全新的生活了,说没有感慨万千,那是撒谎。从此之后,我就要把这个可恶的世界抛在脑后,朝着美好的未来迈进。

船上的人挤作一团,想要下船登陆火星。船下等待我们的,跟地球的太空港上别无二致,都是穿着相同制服的港湾职员。

从个人经验上讲,我总是会对穿制服的人抱有一种嫌恶感。但是,我也不得不承认,这里的职员懂得工作究竟该怎么做。

动口不如动手……我这么说是不是有点奇怪?总之,职员们引导我们下船的讲话声透过翻译机传进耳朵里,争先恐后要下船的人流便组成了井然有序的队列。

我随着人流行动,时间转瞬即逝。

"好,接下来我们开始下船。请跟随引导员行动。"

有几个引导员摇晃着手里的旗子,嘴里说着"这边走"。就这么简单的几个动作,大部队就开始秩序井然地移动。注意到这一点,我不禁吹了声口哨。

"你看起来挺开心啊,明。"

"现在看来一切都进展顺利,不是吗?这是个好兆头。"我笑着看向发问的泰隆。他颇感赞同地不住点头。没有产生混乱的状况,第一步就很理想。

"等一下,你们是 K321 小分队吗?"

我们正想要跟着其他人走的时候,被人叫住了。是一个在旁边站着的港湾职员。

"你们应该往这边走。"

那个职员引导我们往另一个方向走。到了港湾设施区域,他看向了自己的终端,进行二次确认。

他的态度真的是异常慎重。我这么想着,只见他走近一个房间,谨慎地敲了敲门。等门里传来一声应答之后,他又恭敬地打开门,然后对着我们随意地扬了扬下巴,示意我们进去。

虽然他的态度让人看不过眼,但也不至于很欠揍,白他一眼也就算扯平了。然后我就移开视线,不再去管已经离去的职员,把目光投向了室内。

等着我们的,是满脸奇怪笑容的帕普金。

"K321小分队的诸位,欢迎你们!"帕普金动作夸张地张开了双臂。

瑞典人礼貌地点了点头作为回应。除他之外,所有人都用奇怪的眼神看着帕普金。被这么多人盯着,帕普金不仅没有如坐针毡之感,就连语调都没有丝毫波动。

"路上辛苦了。欢迎来到火星空间站!"

翻译机里传来的还是那个机械的女声,尽管非常仿真,可复原不出帕普金的语气。不过,只要听到那轻快的语调,就能知道帕普金想要说什么。

"能跟你们再次相见真是太好了。"他随意地点了点头,表达着对我们的亲近之情。

除了始终面带笑意的中国人之外，所有人，包括瑞典人的脸上都浮现出了困惑的表情。

我就说嘛，帕普金。你这人眼神很可怕啊。看着我的时候，简直让我后背发凉。真是看不透你在想些什么。

啊！我突然想明白自己为什么总是对那个中国人喜欢不起来了。就是这样的，她跟帕普金简直就是一路货色。他们的心里都经常转悠着怎么利用别人的念头。如果说帕普金是个老狐狸，那中国人就是个小狐狸。我心想，这种人，说话总是三分真七分假，麻烦得很哪。

我也不知道用"雁过拔毛"这个词形容他们合不合适，反正他们这种人的话不能只听一半，否则会栽跟头的。不过，话说回来，帕普金这会儿还像是很诚实。

就在我正犹豫要不要仔细听帕普金讲话，以判断他有没有在撒谎的时候，突然响起的敲门声打断了帕普金那长篇大论的场面话。敲门的人有点粗鲁。帕普金在听到声音时表情微微变化，还没来得及应答，门就被打开了。外面的人似乎就没打算等得到许可再进门。

我本来没把这事放在心上，只是习惯性地朝着声音传来的方向瞥了一眼……这一瞥不要紧，我当即被惊呆在原地。

只见一条狗出现在门口。一条巨型的狗。不对，也不能说是狗。

我大脑混乱，不知道该怎么形容，反正眼前的生物跟我见过的狗都不一样，也不像其他的生物……是个……直立行走的……长着类似狗头的生物。

如果这不是我的错觉……我甚至还能听懂它在说什么。

翻译机里传来的依然是那个一成不变的柔和女声。它在说:"厨师,找你有点事。"

然后,它惊讶地看了我们一眼,又扫了一眼室内的状况,说道:"……嗯,我好像打扰到你了。那你完事之后再联系我啊。"

这回我应该没有听错。

这个长相跟人相去甚远的生物像人一样爽快地摆了摆手,又笨拙地走远了。我简直震惊到失语……看着这头犬形生物远去的背影,我不禁把疑惑的视线投向了帕普金:"那是个什么玩意儿?"

"那可是商联军事氏族的武官。舰队的士官们都有自己的头衔,他是……算了,你记住他是我们的饲主大人就行了。"

"那种东西?是我们的饲主?"英国人问。

帕普金点头。英国人皱着眉头,向他投去了怀疑的目光:"这跟我在地球上见过的照片不一样啊。商联人不是猫系直立行走哺乳类生物吗?"

"商联是由多个氏族构成的,而氏族又由许多种族组成。商联的加盟种族之多,是地球人想象不到的。反正你们只要记住,在火星上,只要见到人类以外的直立行走生物,一律认作商联公民,也就是地球人所说的商联人。明白了吗?"

瑞典人的声音中透露出了他混乱的思绪:"这还真是……

怎么说呢？"

他吞吞吐吐的，说的是真心话吗？不过无所谓了。

"现在的商联种族应该跟地球上的智人挺相近吧……当然了，在生物学上我们是两个物种，这个我知道……"

要是他不腻腻歪歪地说什么"生物学上"，那我完全同意他的说法。

在我进入太空之前，早已经知道自己迟早要接触到外星人，可是，在我的预想之中，与外星人的会面应该更加戏剧化一点的。

或者说，我坚信跟外星人的会面会更戏剧化一点。

毕竟，我跟队友们走出地球，是为了当雇佣兵，为了见血的。可是现在呢？在我们刚刚到了外星球，正摩拳擦掌打算大干一场的时候，看见一个长得跟人似的狗冷不丁地冒出个头，嘴里还说着"待会儿见"之类的话，然后摆摆手走掉了，这叫什么事？

"哎呀呀，那是主人呀？只听说过人养狗，我这还是头一回听说狗养人呢。"泰隆半开玩笑地讽刺道。

我苦笑。

也是，泰隆是美国人。虽然美国已经没落了，但是瘦死的骆驼比马大，美国幅员辽阔，资源丰富。不是我说酸话，美国人要养个宠物，那地方可是大大地充裕。

"泰隆先生说得对，他们就是地球的所有者。不过，叫他们主人确实有点微妙。那我就订正一下，以期准确。毕竟他们自己并没有作为主人的自觉。"

"为什么这么说？"泰隆条件反射般地问。帕普金态度暧昧地笑了笑，回答道："他们拥有地球的主权，对地球的管理权是宇宙公认的。你们也知道的，有些人就是怕麻烦，有所有权但是懒于管理。这就好比有的人在穷乡僻壤投资了房产一样。"

帕普金总是打一些不明所以的比方，这是他的爱好吗？我摇摇头，表示自己听不明白，插话道："帕普金先生，你能再讲清楚一点吗？"

与其煞有介事地说一些狗屁不通的道理，不如直接告诉我结论。

"……我感觉自己说得已经够明白了。房子之于投资人就像地球之于商联人。"

看吧，又来了。又开始打比方了。我满脸茫然。

更让我愤怒的是，帕普金看到我茫然的表情之后无奈地叹了口气，说道："你们都认为，只要是自己的东西，哪怕只是一滴血，自己也要宣示对它的所有权吗？"

"如果这样的话，嗯……我该怎么解释呢？既然大家这么重视所有权，那我这么说吧，你们会对家里的微生物产生占有欲吗？"

"不要一直兜圈子了，快点讲明白吧！"

我已经厌倦了他这种试图用兜圈子把人绕晕的伎俩了。这种拿话术唬人的家伙，嘴里没有一句实话。我的忍耐可是有限度的!

　　真是够了。他已经耍了我们太久了。就算帕普金他刚刚没有在撒谎,我也不可能就这么一直忍让下去。他大老远地跑到火星来,就是为了骗我们好玩的吗?

　　"嗯……还是不明白吗?"

　　"这可不是明不明白的问题。帕普金先生,我只想从你的口中听到结论。"我极力保持着最后一丝礼貌与尊重,又说了一遍:"你懂我说的是什么意思吧,我要的是回答。"

　　与他对视的时候,我怎么都冷静不下来,这不像我。可是我还是坚持盯着帕普金的脸,不允许他有一丝一毫的诡辩。

　　帕普金把我从收容所里带了出来,我是真的很感激他。但是一码归一码,我有知道真相的权利。

　　"你们也想知道吗?"帕普金转头问我的队友们。他们意外地反响热烈。

　　"说实话,我的想法跟明一样。帕普金先生,我也想把事情弄个明白。"

　　"我同意他俩说的。我也想知道。"

　　泰隆率先回应,紧接着瑞典人也表示赞同。女队员们是怎么回事!你们就算点点头也好啊!英国人,你平时不是挺能说的吗?今天怎么不说话了?

　　等到房间里的所有人都表示想知道之后,帕普金换上了一副"真拿你们没办法"的表情。

　　"真想知道?"

这还用问吗。所有人都点头，等着他继续往下说。帕普金脸上闪过不愉快、不理解的表情，摇了摇头，终于缓缓地开了金口。

"我就直说吧，我们根本就入不了商联人的眼。从一般商联人的视角来看，我们地球原住种族就跟化学元素一样微不足道，根本不能引起他们的兴趣。"

不感兴趣。漠不关心。我太明白这是什么意思了。漠不关心，就是对我们既不抱有善意，也不抱有恶意。

难怪帕普金会把商联人形容成没有身为主人自觉的饲主。我不禁嗤笑出声。对商联人来说，我们是那样的不足挂齿。

原来如此。这种事情确实令人难以启齿。

但是，同时我也可以理解他们。他们本来也不是因为对我们感兴趣才来到地球的。说到底，商联人有权有势，像我们这种蝼蚁，他们是不会放在眼里的。

比起远方的人，我们更容易与身边的人发生冲突。这一点只要看看我在日本时的经历，看看都是些什么人在妨碍我的生活就能弄明白。那些人都是些贪得无厌的家伙，看到我有希望出头就想把我一脚踢走，都是嫉妒心在作怪。

被商联的人找麻烦，我还远远不够格呢。察觉到这个令人不快的理由，我那身为穷人的奇异自尊心开始作祟。

"开什么玩笑！？"刺耳的女高音在我的身旁暴发。现在才刚刚抵达火星，比起商联人的种种，当务之急是解决掉这个大麻烦。不然早晚会有一天，用不着商联人找我麻烦，我就会因为队友而陷入困境。

"他们都那样插手地球的事务了，还有脸说对我们没有兴趣！？"虽然翻译机里传来的声音非常平稳，但是英国人本人发出的吼声简直要震翻舱顶。

她的表现果然不出我所料。不，应该说比我想象中的更加不堪。这个人冷静不了多长时间。我想给她找个借口，说她是因为飞船内的环境太过恶劣才会情绪暴发，但是这显然是站不住脚的。只要这个人想发疯，那是不分时间地点的。这么能炸，怎么不去开矿呢！

我给她起的诨名叫白色噪音源，简直是太贴切了。

中国人和瑞典人也真是的，你们俩就不能行行好，阻止她一下吗？

"不好意思，我不太明白。从所谓的被发现日以来，商联的确给地球带来了很多混乱啊？"

哎，怎么回事？怎么连你也这样了？我不可置信地看着瑞典人跟帕普金极力争辩。

我真是没有想到，他竟然跟英国人做了同样的事。我本来还指望着他能用自己平和的心情去安抚一下别人，这下好了。唉，或许……我就不该对他人抱有期待。对人抱有期待，就必定会遭到背叛。

"确实。你说得对。从地球人的视角来看，商联人的确是侵略者。但是，埃尔兰多先生，你有没有读过商联人所书写的历史呢？"

瑞典人显然是没有的。他惭愧地低下了头。

帕普金接着朗声说道:"探测飞船 TUF-MANAS 发现了地球,确认该星球上有原住智慧种族,且无统一政府。随即商联向列强传达消息,发现一块无主地。得到列强的承认之后,商联占领了地球,随后测算出了地球的资源总量,并发现地球的市场并未达到成熟阶段,没有发展前途。为了阻止对地球的剥削式贸易,商联确立了自由贸易的原则,并且目前正在签发一部分限制令。"

帕普金用毫无波澜的语调朗声说出了一串我并不能听明白的词句,耸了耸肩,讽刺地哂笑一声:"埃尔兰多先生,你的历史是在瑞典学的吧。你的学习热情很高,这很好。不过,学习历史最重要的是视角问题。请不要盲目地迷信书本。"

说得有道理。迷信废物教师和教科书是很危险的。一个性格健全的人应该具备批判精神。不过自以为是的书呆子们不会明白这个道理。

我扫了一眼英国人,看到她秀眉紧蹙,满脸的不耐烦。我觉得她就像一个马上就要爆炸的炸药包。

"你现在跟我说我学的东西是错的?我看的可是英国、国、家、学、术、院、正、式、刊、行的书。"她一字一句地强调。我可不管你看的书是不是正式刊行的。不过,看来你这个傻子倒是对那书的权威性深信不疑。

泰隆拿胳膊肘捅了我一下,笑着说:"真是个奇葩。"我深有同感。

瑞典人说了句什么，拿祈求的眼神看着英国人，拼命地给她使眼色，通通没有用。那个英国人根本就不可能有足够的智慧去读懂这种暗示。不知道瑞典人是不懂呢，还是说他本身就是这种不撞南墙不回头的性格呢？这将永远是个谜。

看够了热闹，我朝着泰隆抬了抬下巴，示意他跟我到角落里来躲一躲，权当避难了。

英国人还在那里指手画脚，坚持认为自己是正确的。她的主张乱七八糟，可是谁都能看出来，她是想拿权威来压人。傻归傻，这个人还真是挺难搞。要是这个人能在我们需要她大声嚷嚷的时候再出动就好了。

"这么说，那应该就是你的书搞错了。"

"中国人你怎么回事？"

我是真希望这场争执尽快结束，还小声地嘀咕了几句，没想到真的有神能实现我的愿望。紫、紫什么来着？反正就是那个中国人，竟然加入了战场。她接着说道："地球上的教科书里，只有猫形商联人的照片，教科书里可没有写过商联还有犬形人。这么看来，教科书也不完全可信，你应该明白。"

"书里写的和亲眼所见，哪个是对的呢？"

我不禁微笑。这个中国人，还真行啊，别看语气缓和，可说出的话却很是尖锐。

哪个是对的，这很明显。教科书脱离实际，学习和现实根本就是割裂的。我可不管英国人在哪里读了什么书，可是把商联人定义成残忍的猫星人，这是大大的离谱。

看着英国人那面红耳赤、无言以对的样子,我心里痛快极了。让你不懂装懂,落到这么个下场了吧。

"帕普金先生,今天把我们叫过来到底想说什么?我们已经知道你对我们很亲切很热情了。你应该不会就为了给英国人指出教科书的错误而专门来火星一趟吧?"

泰隆这番话说得太对了。

就连我都没有想到,帕普金竟然会在火星等着我们。

我本来以为帕普金说"火星见"就像学校里的教师说"再会"一样,都是客套话。他好好地把我们送上飞船已经够了,究竟是什么原因让他愿意做到这一步呢?

"你说得太对了。我还真的不是为了享受跟你们辩论的乐趣才来的。我来这儿有工作,真是令人伤心。"

就算他不特意说明我也能想到。

帕普金打算利用我们,我们也可以抓住这个机会,反过来利用他。我们可以互惠互利。

"我想给你们介绍一个人,以后就由他来负责你们的教育。其实他早就来了,只是我们辩论得太过忘我,让他久等了。进来吧!"

帕普金好像跟瑞典人有相同的特殊爱好,喜欢调和别人之间的关系。真是的,不知道他们一天天的都在想什么。

我们的心情暂且不提,只见帕普金像是耍帅一般,坐正身体,朗声说道:"给我进来!"

话音未落,门开了。

一个面色冷硬的男人狼行虎步，走进了房间。我本来还想着趁这段时间好好打量一下这个人，可惜并没有成功。这个人混血特征太过明显，根本看不出来是哪里人。

而且……我对外国人脸盲。亚洲其他国家的人跟我们日本人长得很像，暂且不提。肤色跟我不同的人也还好说。可混血我实在是分不清楚。

如果要我从外表来估计一个人的年龄，若那人的种族跟我相差太远的话，我也没辙。看看我身边这些人就知道了。不管是看起来最显老的瑞典人，还是初生牛犊不怕虎的英国人，我们队的人都跟我同岁。所以说，不能轻易地去判断一个人的年龄。

那么，眼前的这个男人有可能三十多岁，也有可能四十多岁，要是说他还不到三十，那我也信。

不过，有一点倒是可以确定。无论是他那晒成小麦色的皮肤，还是那强壮的体格，都彰显着一个事实：他肯定经常锻炼身体。帕普金也一样。他们看起来就是那种经常打架的人。

这种人，我在福利机构的时候从来没有见过。

我所熟悉的福利机构教育从业者全都是肌肉松弛、声音浑浊的类型，而眼前这个人从外表上看应该跟以前那些不是一类人。

这个人身强体壮，肌肉结实，声音和眼神都透露出坚强的意志。

"我来给你们介绍一下，这是你们的训练教官约翰·杜。

他以后就负责你们K321小队的特殊项目训练。"

"承蒙帕普金先生的介绍,我是约翰·杜,负责你们的教育。"

虽然翻译机里传出的声音非常柔和,但是这个教官说话的声音和顿挫都充满着坚定的意志,他是我见过的最像领导者的人。虽然不知道他力量如何,不过只要过得去也就行了。

相较之下,其他队友的反应颇为微妙。

"无名氏约翰?"泰隆表情疑惑地问。瑞典人跟中国人的脸色也很不好看。既然他们都摆出这种脸色,那就说明事情严重了。

这种时候我应该打起十二分的精神来应对。不过,我有一点想不通。

我不明白到底发生了什么。在我看来,约翰·杜这个名字不知道怎么就触动了泰隆的神经了。难道这个名字不好吗?

不对……无名氏约翰是什么?

"冒犯了,我想请问一下,约翰·杜是您的真名吗?这也太像化名了,我搞不太明白。"中国人问道。

听到这里,我总算理出了一点头绪。约翰·杜大概是个假名,如果有人不想让别人知道自己的名字,就会这样自称。

大概就像田中、太郎一样?

"我是你们的教官,你们只需要记住这个。我并不打算干涉你们内心的想法,但希望你们记住,我只是你们的教官。"

不管别人说什么,他都是一样的充耳不闻,傲岸不逊。

无名氏这种冷漠的态度让人无可奈何。他看起来简直比收容所里最难搞的浑蛋还要难缠。

"一个连名字都不敢透露的人,也配当我的教官?"

嗨,我怎么把这个人给忘了。白色噪音源。并不是只有教官一个人难搞,这个人也一样。

在这个世界上,像我这样的正常人真的不多了。

"你是不是不懂常识?"

我本来想再添一句"那你还是学一学吧,对你有用",可是话到嘴边还是咽了下去。

我并不知道英国是个什么样的国家,万一我面前这个英国人在他们那里属于正常人的范畴,那英国真的就是世界上最没有常识的地方了。

哎,不知道我们亲爱的教官会怎么处置这货呢?我倒要领教一下咱们这位大教官的本事。就在这个时候,他竟然甩出来这么一句话:"你们是不是会吃着'超满足'进行自我介绍?我跟你们这群疯子可不一样。我可是个正常人。"

除了我之外还有正常人?我应该为此感到高兴吗?呸,别逗了。

这一刻,我茅塞顿开。

我不喜欢他,他大概也看不上我们。不知道他的心里是不是对我们有一种轻蔑之情。大概是有的吧。

帕普金也真是的,选的都是些什么人。我做梦都没有想到,他会选出这样的浑蛋。真是太气人了,帕普金,你眉毛下边那俩窟窿是出气用的吗?要是不会看人,那就把眼睛抠了算了。

"他是历经数次战争的勇士,你们以后跟着他好好学。那约翰·杜,我就把他们托付给你了。"

"明白!"教官挺直腰背,向着帕普金敬了个礼。

他对我们的态度跟刚才那个引导员一样的轻慢,可朝着饲主却是一副摇尾乞怜的德行。可见虽然他的肉体跟福利机构里那些猪不同,精神上却没有什么区别。

"诸位队员,现在我们来赶一赶进度。"教官轻笑一声,说道,"不是什么难事,就是排队去体检。这是火星空间站的入境管理必须的步骤。你们知道怎么列队吗?"

说完,他就催我们列队,还不辞辛劳地亲自把我们带到体检队伍的队尾。之后回想起来,对于一个待人亲切的教官来说,这简直就是个简单至极的事。

我们排到队尾,安静地等待。大概教官对我们也只有这么点要求。不过话说回来,大部分的浑蛋不懂什么叫作安静。这个无名氏,可能就拿这个当作对我们的第一次考验了。

有近千人正在排队等待体检,我们要等上相当久。这些野蛮人,既然学不会排队这种文明的行为,不如趁早回归大自然,无拘无束的多好。要是在这里硬装正常人,肝火太旺,那爆发冲突的概率会高达50%的。这是我的经验之谈。

不过,这次我的直觉好像不准了,真是意外。

我本来以为要排很久的队,没想到竟然这么快就轮到我们了。虽然我们是到得最晚的,可也基本上没怎么等,就被叫进了体检室里。

刚进门,我就震惊了。这里一个穿白大褂的医生都没有。我本来感觉检查得这么快,里头肯定有许多医生,可事实证明我错了。那么大的一个房间,里头竟然只有一个职员和五台大型机器。

"哎哟,我还以为今天的活干完了,没想到还有啊。"那个职员嘟嘟囔囔地站起身。

这个人跟刚才的引导员一样,都穿着一身不起眼的制服。就这么一个平平无奇的人,竟能够承担所有人的体检任务?

"我是检查主任技师汉斯,隶属于泛星系通商联合护航委员会指定行星原住智慧种族管理局选定业务承接机构——联合国及总督府高级专员事务所联合认证机构认证的特殊太空安保产业防疫部。"

不知道是不是为了展示自己的幽默,他勾了勾嘴角,耸了耸肩:"你们应该都听过'笨汉汉斯'的故事吧,以后可以这么叫我。我还是很想跟你们打成一片的。"

这算是什么开场白?我有点,不对,是非常生气。对这种狗眼看人低的公务员,我打心眼里感到厌恶。

这位当之无愧的大哥,能被派到火星这么偏远的地方来工作,能是什么聪明人吗?

"不过,我虽然跟你们一样笨,可机器不是。"名叫汉斯的技师略带讽刺地敲了敲机器的外壳,笑了一下。

"你们要接受非侵蚀性血液检查、全身扫描,还有例行检疫和常规检查。不会疼,马上就能完事。"

听起来很简单。我不禁产生了疑问,汉斯说自己是个技师,可他在这里的作用也不过就是整队啊。

真令人羡慕。这工作既安全又轻松,挣钱还多。

这里的大机器也很厉害,应该是商联制造的,竟然可以实现全自动检查。这简直就是地球上享受不到的待遇。在地球上,这种医疗条件肯定不能是医疗保险报销范围内可以享受的。我听说烧鸟都是一次性用品,那给我们这么高的待遇是不是有点夸张呢?他们为什么要这么做?这里头一定有事。

我对商联人的善意和成本意识抱有疑问,可那个技师却一副浑然不觉的样子,继续说道:"体检结果出来之后,有的人可能会进行二次检查。最晚明天也能出结果。所以你们今天最好就待在火星空间站的上层,不要四处走动。如果没有问题,明天就能通过行星轨道升降机登陆火星。"

紧接着,他又加了一句:"啊,好不容易能来到这里,你们今天可以好好欣赏一下火星的全貌。火星经过了行星改造,呈现出微微的蓝色,看起来还是挺别致的。"

说完闲话,紧接着就开始说正事,这好像是汉斯技师的习惯。只见他又像说绕口令似的,噼里啪啦地说了一大堆:"没有犯错,但是健康不达标的人会被遣返回地球。这种情况下商联既不会支付工资,也不会向你们收取回地球的交通费。不过,从地球来火星的时候发给你们的工资还要退还。"他朝我们笑了笑。

"要是真有这种不适合留在这里的幸运儿,就当是参加了一场免费的火星观光外加免费体检吧,日后想起来这也是一种美好的回忆。好了,快整队吧。"

我惊呆了,真是理解不了商联人的想法。怎么能专门把人拉到火星来做体检呢?

要是说体检需要用到地球上没有的特殊仪器,那我还是可以理解的。可是我们也看到了,这个体检就汉斯一个人负责,简单得很。

这么个检查法,不疼不痒那是应该的。等到做全身扫描的时候,汉斯让我们排队站在机器前,走过一个门一样的东西就完事了。做这个检查,还没听汉斯说话花的时间长。

"嗯……你叫伊保津明是吧?亚洲人的名字总是怪怪的。"不等我答话,他就把一叠纸塞给了我,说道:"一切正常。这个单子给你。再观察一段时间,明天要是没再给你下通知,那你就可以把单子扔了。下一个。"

他拍了拍我的肩膀,就把我赶走了。就这样,体检结束了。等待观察时我们依然是五个人住在一间房里,工作人员说我们是 K321 小分队,一个小分队就要统一行动。

我们现在在太空港,跟在宇宙飞船上的时候不同,我们不一定非得在船舱里待着,也就是说,睡觉之前都不用跟那些相看两厌的人同处一室了。真是幸运啊。

不一会儿，我发现了一扇窗户，从这里可以看得到汉斯所说的"微微发蓝"的火星。要是跟地球比的话，这个蓝的确不太正宗，里头还掺杂着一些红色。不过……倒也没有说像"火星"这个名字那样，红得像火。

虽说这个星球值得一看，不过看过一次也就够了，我并不会想看第二次。

这里到底是太空港，并没有多么宽敞。

比 TUE-2171 宽敞是真的，可也就那样了，起不了多大作用。再加上今天刚刚体检完，原本被隔开的近千人一下子都闲下来了，这时候再有多少娱乐设备都不够用的。

我可不会傻到主动去跟这群闲汉挤在一块儿。

最关键的是，也不知道该说幸运还是不幸，K321 小分队的人陆陆续续地都体检完了。我跟泰隆相处得还算不错，可是跟其他人，那就是只能勉勉强强地同处一室的关系。而且，我跟那个白人女性怎么都合不来。唉……或许这就是人生吧。

人生，不就是要忍耐和妥协嘛。

如果你跟我有相同的出身，就能明白，这是一条人尽皆知的准则。队友们跟我同岁，可他们不能忍受跟身边的人保持疏远的关系。而我有着无限的忍耐力，我可以。

只有一点是我绝对不能忍受的。

那就是食物。

到了这儿还是要吃"超满足"。一开始我以为是因为要供给宇宙飞船上的人食用,才会把食物做成那个样子的,还期待着在火星上可以吃到点不一样的东西。我这么想也无可厚非吧?毕竟这是人类正常的生理需求。

出师不利啊。刚拿到跟飞船上提供的那种一模一样的"超满足"时,我所受到的冲击简直无法用语言来形容。我心情悲壮地把糊糊送进嘴里,接着用茶水把它灌了进去。

要问我这个时候的感想?那只有一句话。

这简直就是最糟糕的背叛。

我现在才知道,在这个世界上,论虐待人的手段,竟然还有人比福利机构的那群人更加高明。商联人,大概率也是一群浑蛋。

我所求的并不是麦当劳那样的珍馐美味。我的要求很简单,就是想吃点能吃的东西。

我只求得到应得的东西。

"怎么跟宇宙飞船上的伙食一样啊?"泰隆跟我一样露出了震惊的表情,声音里流露出真实的嫌恶。

"这么一想,我们岂不是从今往后都要一直吃这种'美味'的'超满足'?"

这句话既是疑问,也是发自内心的祈祷。我跟泰隆一样,都发自内心地希望这不是真的。我太知道这东西有多难吃了。

人生中有许多东西我们不得不割舍。

想想过去的我,有着永不服输的韧性,却只能因为力量弱小而一次次无奈地放弃,我的心头顿时笼罩了一层阴云。

这种无力感让我想要大叫，想要发泄，却不得其法。我正是为了摆脱这种无力感才会离开地球，迈向宇宙，又来到火星的。可现在呢？

我的大脑几乎要被这种悲观的想法占据了。于是，我干脆把大脑清空，什么都不想。

要是一直在这种负面的念头里打转，那还不如去睡觉。所以，我拭去这些愚蠢的念头，转身扑到了床上。

在火星，或者说综合港湾设施迎来的第一个早晨，有种奇妙的寂静感。没有令人听之欲狂的莫扎特，真令人感动。

那一直运转着发出低沉噪音的排气扇虽然令人烦躁，可也比货运飞船上强多了。而且，人们晕飞船的罪魁祸首就是浑浊的空气！现在可好多了，简直就是另外一番天地。

今天醒来的时候非常舒适，所以我的心头又涌起了别样的新奇与感动。

因此，我少有地做出了一个奢侈的举动——泡了一杯茶，迎接清晨的到来。放在平时，我连吃饭的时候都不太舍得喝茶。我觉得自己有点奇怪。在地球上的时候，我从来不会喝茶。到了宇宙飞船上才第一次尝到茶的味道。毕竟，"超满足"的涩味用白水可是冲不掉的。也不知道为什么，苦涩的茶叶竟然有如此神奇的力量。

这种力量真的是太伟大了。

尽管一开始只是出于好奇才泡的茶，可是泡上之后，我马上就意识到，在一个正常的空间内泡茶是个多么正确的决定。

一股奇异的香味弥漫开来。

宇宙飞船内沉积已久的空气或许可以称得上正常，而行星轨道升降机内的空气是非常清新的。或许是因为这个，我可以清晰地嗅到茶香。仅仅是这样，我就能够感受到文明社会的气息了。

就在这时，一个像闹钟一样的机械音响起。我抬头，视线所及是一个熟悉的扬声器。我本来应该对这个东西很熟悉的，可不知怎的之前却没有注意到它，可能是因为它没有播放莫扎特的曲子吧。

扬声器这东西就没有不惹人烦的时候。这就跟我觉得英国人没有安静的时候一样，要是她安静一点的话，我也就不会注意到她了。就是这个道理。

哎，随它去吧。我苦笑一声。

就当我这么想的时候，音乐突然停了。

然后，从扬声器里传出声音，好像是有人要进行广播。那声音非常大，应该是为了确保它可以被翻译机捕捉到。那声音停了一会儿，给了我们一点反应的时间。接着，一个人蠢蠢地说了句"早上好"，开始了他的广播。

"感觉怎么样啊？嗯……"

他像是思考措辞，停顿了一下，紧接着又用一种十分生疏的语调说:"星星归到步兵们,这是我第一次也是最后一次用地球方面的正式名称来称呼你们。以后我会直接叫你们烧鸟。偶尔也会叫你们'傻乎乎的新品',或者叫你们的昵称——小鸡崽子。请原谅我。"

这个人在说些什么乱七八糟的?

一开始我摸不着头脑,然后因为被人叫了"小鸡"而愤怒,最后我反应过来了,星星归到步兵,原来是行星轨道步兵啊。

说的也是。雇佣兵呀,烧鸟呀,尽管有这么多名称,我们这份工作实质上就是行星轨道步兵嘛。

"这里是……哦对,是泛星系通商联合护航委员会管辖星系行星原住智慧种族管辖局指定训练机构。你们记不住也没关系,只要知道这里是厨房就足够了。"

说了这么一长串咒语一样难懂的话之后,这个所谓的"厨房"工作人员话锋一转,又道:"你们舟车劳顿,可能没有察觉,其实火星跟地球上的时间有点差别。这里一天差不多有二十四小时四十分钟。"

原来如此。这里的一天是有点长。随即,我又想到了别的事情上:我们所认定的真理,仅仅在地球上成立。在宇宙中,有另外的真理。

"你们中的大部分人在这里生活一周之后,都要调整一下生活模式。这个调整周期用地球时间来计算的话需要四个小时。欢迎你们在火星开始新的生活。"

这个时间差很尴尬,不知道该说它是大还是小。

"按照传统的科幻小说来讲，现在我应该讲一些气势恢宏的故事，来向你们传授宇宙之中所必需的知识技能。不过，现实生活可没那么精彩。我们会通过记忆转移装置来向你们传授必要的知识。好了，烧鸟们，现在该动身了。各小队注意，跟上引导员。"

这个关于转移必要知识的步骤的说明，或者说引导，非常的简明扼要。我和其他人在港口的住宿设施里住上一晚，主要是出于检疫上的需要。

只要检疫的观察期满，所有人就会马上从空间有限的港口被转移到火星地表。就这样，我和众人一道，通过行星轨道升降机前往火星基地。

在这里。我们受到了热烈的欢迎。

一群强壮的男女职员好似特意赶过来的，他们不断地发出指令，熟练地指挥着我们列队，以登陆火星。

哎，我早就知道，并不是只有我的小队成员让人看不过眼，其他队伍的人也都够呛。

这些人连好好排队都做不到。我身处其中，简直要受不了了。至于那些想要收拾局面的引导员，他们的忍耐力也早就飞到九霄云外了。肯定是因为火星上的重力没有地球大，所以忍耐力才会那么快地飘走。

我听到自己的翻译机里，那个柔和的女声不断地说着各种脏话。各种措辞强硬的语句也经常出现，我至少听到三次，有人怒吼道："快点动起来！"

"妈的，地球上的那些人，能不能送点会排队的小鸡过来。"

我不知道这是谁在抱怨，但是可以肯定的是，那些负责引导工作的港湾职员，对于这群刚刚睡醒、排不好队的人，其厌恶是丝毫不加掩饰的。

不过，尽管如此，他们还是尽职尽责，确保工作能够顺利进行。

把乱作一团的人分开，让他们大致列队，然后再以小分队为单位把人排好，他们的业务还真是熟练。我也跟其他人一样，被指派到指定的地点列队。

接下来就是排队等待登陆火星。当引导员叫到我们队的时候，他认真地盯着我们，从我右边的三个人一直打量到我左边的那个。

"稍等一下。你们是K321小分队吧。"

"是的。"瑞典人贯会跟人打交道。职员听了以后点点头，从怀里掏出一个终端，开始进行确认。

在发了大约两三条信息之后，他把我们从队列里赶了出来。

"K321小队留一下。你们由别的人来引导。"这个职员只留下了一句话就离开了。他刚走，就有个表情疲惫的女性职员来接替他。这个女性职员也饶有兴味地盯了我们一会儿，然后才开始她的引导工作。

说实话，我非常介意他们这种打量的目光。

不过我也不能怎么样。最终还是跟大家一样，通过空降机登陆火星。我望着那个蓝得不够彻底、还透出点儿红色的星球，转瞬间就抵达了地表的基地。

笼子状的升降机很快就隐没在金属建筑里。不管现在是降落还是登陆，我可算是站在了火星的土地之上了。我正感慨着，在地表等候多时的无名氏教官迎了上来。

职员把我们移交给教官之后，无声地催促我们快跟上。虽然我也没有期盼着他们给开一场欢迎仪式，但还是有一点失落。这是我人生中第一次来到别的星球。这么有纪念意义的一天就这样平静地度过，我总觉得没什么意思。

我有点不满，可也没有任何解决办法，只能老老实实地跟在教官的身后。

途中，我好奇地东张西望，可这里连个人影都没有。我大致扫了一眼，这里只散布着一些占地广阔的设施，看起来荒荒凉凉，很久没人使用过一样。尽管如此，地上连灰尘都没有，光可鉴人。真是令人费解。

唉，搞不懂，总之先记下来得了。我叹了口气，要是因为思考这种问题被可怕的教官落下了，那乐子可就大了。

总之，这火星基地很大，可人烟稀少，在这里根本不用担心迷路和走丢的问题。不一会儿，我们就到了。

只见教官将手伸向门边的光屏，一道光立刻从那里射出，笼罩住了他。不一会儿，门就自动打开了。

"还愣着干吗？快进来。"

我们被催着走进了这个房间,映入眼帘的……是一个黑色的卵形机器。

同时,我还注意到,就在这个机器旁边,站着帕普金和一个直立行走的犬形哺乳类生物。这个犬形生物,跟昨天去找帕普金的那个应该是同类。嗯?这个跟昨天那个,该不会是同一个吧?

我也不知道该说这是两个人,还是一人一狗……反正他们应是察觉到了我们的到来。跟其他的职员一样,他们向我们投来了打量的目光。

商联人投来的目光好似只是为了确认,他很快就兴致缺缺地移开了视线,对着露出奇怪笑容的帕普金说着什么。

不知道他们是不是在说什么悄悄话。我还真的挺想听一听的。不过,就在这时,教官开口说话了,我只好把注意力转移到他这边来。

"诸位请看,这个茧形装置是记忆转移装置的一部分。"

就这个?长得跟个鸡蛋一样。我顺着教官的指示看过去,那是个通体被涂成黑色的圆形机器,让人摸不着头脑。虽然我能猜出来,我们八成是要进到这个机器里面去,可是进去之后呢?要怎么做?

"你们待会儿就坐到里面的椅子上。坐进去之后,建议不要做大幅度的动作。我不知道你们的脑仁是不是足够结实,但是,要是在记忆转移的过程中乱动的话,你们就能体验一把脑浆沸腾的感觉了。你们也不想这样吧?"

"……这儿就没有技师或者医生吗？"中国人问道。我深以为然。就是，在体检的时候还有个技师在旁边呢，虽然他也只是个摆设罢了。

"是叫紫涵吧。你这个问题问得不错。我们这台机器是全自动化的，会基于大家体检时的数据自动运作。"

也就是说，为了这个才让我们到了火星再体检的？那些什么数据是关联起来的吧？要是他们不说，我还真察觉不到。如果不是对这个特别感兴趣，应该没人会注意得到。

"只要你们不乱动，就不会受到任何身体上的伤害。"

这讲解着实敷衍，让我感到不安。就连体检的时候都有汉斯在那边给讲解一下技术上的事，虽然不是很精细，但至少讲得挺明白。现在怎么这样？

"怎么只有我们几个？"

"问得好，阿玛利亚。我要是再说一遍，你们都是某个颇有前途的项目的候选人，你是不是能好过点儿？"教官不大高兴，冷哼一声，截住了她的话头。那神情像是在说，这些事你早就该明白了。大概，那句"颇有前途"也是看在他的上司帕普金在场，极不情愿地说出口的。

"现在并不是答疑解惑的时间。要是没问题的话，那就快进机器里去吧。"说着，教官指了指我们肩上挂着的翻译机，又添了一句："把身上的金属制品全都摘下来。这是规定，我有传达的义务。不过，要是有谁想不开，非要体验一下被烤焦的感觉的话，提前跟我打报告。"

"教官，要是有人跟你打报告了会怎么样啊？"泰隆表情滑稽，在那里起哄。可教官却十分认真地回答了这个问题。他说："'茧'要是被你们这群烧鸟弄坏了那就太不值当了。所以商联特意给你们开了绿灯，向你们提供免费的安乐死项目。"

他这简直就是威胁。可是，我却没有办法将这话当作用来吓人的谎言而一笑置之。毕竟，在来的路上我已经知道了，商联人跟我们是很不一样的。

这种事很有可能发生。

所以，还是把教官的话听进去为好。我摘下翻译机，以防万一，又检查了一下身上有没有金属制的零碎部件，然后，进到了那个被称作"茧"的机器里。

不过，"全自动"似乎只是一句大话而已。

我自己固定胳膊，自己摆正椅子。然后，头部就被一个不知道是什么的玩意儿紧紧地箍住了。

"茧"的入口被密封了起来，四周被黑暗所笼罩。在这种环境之中，我有点害怕，不过还好，在可承受范围之内。

可接下来就不是这么回事了。

我正想着这机器会不会突然就开始播放莫扎特的曲子的时候，突然感到了一股剧烈的头痛，紧接着呕吐感从胃部直冲喉咙。

我想着干脆就吐出来好了，这样还能好受一点，可却吐不出来。我全身乏力，难受得难以形容。不知道是不是因为"茧"

里头非常黑暗，我感到眼底直冒金星，头晕得不行。

这种难挨的痛苦到底持续了多长时间，我并不清楚。

当我恢复意识的时候，一切已经结束了。我被稳稳地托着后背，从"茧"里送了出来。

我两腿打战，晃晃悠悠地走了两步。像是失去了平衡感，我连站直身体都做不到。我想着，干脆躺倒在地上算了，总好过摔倒后趴到地上，那可就尴尬了。

可惜我还没来得及倒下去，突然又感到一阵恶心。但还是吐不出来。

最终，我也只能忍受着左半边大脑深处传来的钝痛，不满地嘟囔一句："这、这叫什、什么、du……对身体没……没有伤害？"当时，我说的……应该是日语。

"日、日本人……你、你给wo……我闭、闭嘴！声音太、太大了！"阿玛利亚声音尖锐，震得我头更疼了。

不过，对于她这次的大喊大叫，我还是能够理解的。

毕竟我也是情不自禁地就大声叫了出来。

可是，既然她会说日语，那从一开始就说日语不好吗！

"英、英国人，你既然会、会说日语，那、那一开始咋不……不说呢？"我只要一开口说话，头就会疼。而且我感觉舌头也不听使唤了。我这是怎么了？

还没等我骂出一句脏话，就听到头顶传来了帕普金的声音。不知怎的，我这会儿虽然没带着翻译机，好像也能听得懂。

"好了好了，到此为止。知道你们对掌握一门外语感到很新奇，不过这个还是留到你们私下再讨论吧。巴别塔时代到此终结了。我们可以用斯里兰卡语来迎接后巴别塔时代的到来。不过现在就不必了。"

刚才他一定是观察过我们的反应了。所以他说出来的话才会让我无力反驳。

大概泰隆此时的感受跟我是一样的吧。

"约翰·杜教官稍后会给你们解释这些。现在，诸位，你们该去睡觉了。"帕普金这话非常无情。可是，他身旁的商联人的表现却……怎么说呢？这么说可能不太恰当，但是，真的是挺有人情味的。

"这反应，真的是比我想的还要不够理想啊。"

"韦尼克区域和运动性语言中枢的负荷增加在预计范围之内。只要不是剧烈的排斥反应，就属于没有问题的范畴。"虽然他说的还是一些我听不明白的东西，但是，谈话还是能继续下去。可我的翻译机早就丢到一边去了。这到底是怎么回事？

"这样真的没问题吗，帕普金？虽然我很认可你作为厨师的能力，但……你真的征求到了他们的同意吗？看上去不太对啊。"

商联人说得对。

"什、什么叫……没、没有问题的范畴？"我们连话都说不利索了，这还叫没问题？我这头疼跟恶心都不算问题吗？

"你们这大概是受迁移处理的影响吧。过一会儿舌头绕过来就好了。怎么样，能进行无障碍沟通的感觉不错吧？"

他问得轻松愉快，而我用尽全力才挤出来这么一句话："我、我要tu……吐了。"我本以为自己会就这样直接吐到地上，结果依然只是干呕。

"帕普金，这是排斥反应吧？"

"厄古斯武官，这只是单纯的呕吐反应。机器的致吐作用已经消失了，他们正在恢复中。"

只恨我这会儿没有力气把他一拳打飞。我只能咬紧牙关，忍受着头部传来的剧痛。

"剩下的交给我就好了。"

"那就麻烦你了，教官。"帕普金挥挥手说道，"诸位，那我们之后再见。"

现在就连帕普金一行人离开的脚步声都能勾起我头部的钝痛。

这群不长眼的，走路就不能轻点吗！？真是的，一群没有心的家伙！

在这个处置室里，回荡着我们无声的呐喊。就连呻吟，对于这时的我们来说都是一种身体负担。在这时，教官开口了：

"给你们准备了疗养室，很宽敞。接下来的两三天你们可以待在里头好好睡上一觉。"

教官的话还是一如既往的简洁。现在我倒是很欣赏这种风格。只要能不惊扰到我的大脑，怎么样都行。

就在这时，一个意想不到的人给我的头痛又添了一把火。

刚刚一直在呻吟的瑞典人像是下定了决心一样，开口说道："y……有没有止痛药……"面对瑞典人的要求，教官嘴上说着抱歉，可他的语调却没有丝毫抱歉的意味，甚至带着一丝残忍的快意。他说："止痛药会对记忆转移产生负面影响。所以这里禁用止痛类的药物。我想没有人敢走私这类药物进来。不过，谁要是想一睡不起，那大可以去吃。"真是的，我脑子都快炸了，能不能别说话了？可惜没人能听到我的心声。

教官语调变得稍稍亲热了一点，接着说道："咖啡是不限量供应的。我也推荐你们多喝茶，吃点'超满足'。总之，尽情地享受优雅的火星生活吧！"

他又一次结束了发言。这次话里的意思着实令人吃惊，跟我被告知自己将要被装载进货运飞船里的时候不相上下。

不过，记忆转移之后的适应期比我想象中的要好过许多。

首先，在我痛快地吐了一次之后，恶心的感觉彻底消失了。地表的空气很清新，不像船舱里的一样，循环过滤的空气里充斥着一股难以言喻的味道。

我们被带到了休息的地方。躺了几个小时之后，我感觉头疼好了很多。我的舌头这会儿还是麻的，也正因如此，我在吃"超满足"的时候尝不出它的味道。这真是不幸中的万幸。

我吃过东西，喝了点茶，然后为了缓解头痛，倒在床上，闭上眼睛。这样过了大概一天的时间，我那难以形容的、像是戴了金箍一样的头疼就自己消失了。

舌头先前还转不过来，现在也恢复如初了。

我们几个现在也回过味来了，之前不自觉说出的语言，就是被转移到我们大脑里的商联通用语，正式名称是"Space Lingua Franca"（宇宙通用语），不过基本上没有人这么叫。进入太空的地球人把这个语言简称为"斯里兰卡语"。这个简称一定是个时髦的人创造的，因为在地球上，应该没人听说过"斯里兰卡语"这种语言。

其次，我现在能在空闲的时候去打听点小道消息了。不知道为什么，我们K321小队接受记忆转移的地方是跟别的小队分开的。可能跟帕普金再三强调的那个新的什么项目有关吧。不过，不管过程怎么样，最后大家都得来到这么个地方缓解头疼。想到这里，我也就歇了探究原因的心。

跟其他小队的人汇合之后，我们一大群人聚在一起用斯里兰卡语交谈，还可以看得懂基地里的字，生活变得非常便利。尽管只是少带了一个翻译机，我的心情也变得轻松了许多。

这段时间，看基地内张贴的各种引导标语就成了最好的打发时间的方法。我在刚刚得知基地里有娱乐设施的时候，还是很兴奋的。最近实在是太无聊了，于是我马上动身，过去看了看。可结果却不尽如人意……我很快就意识到，这里的娱乐设施并不适合我。所以又快快不乐地返回了住处。

就这样，我在房间里吃完晚餐配给的"超满足"，把空掉的包装扔进垃圾桶,深感手头没钱的不便。

其实我也不是没钱。商联会定期给我发工资,在这一点上,他们严格地遵守法律。工资都在电子账户上,要是有需要可以使用电子支付随便花。我试过这个功能。当初把通讯时间卖给泰隆的时候,他给我打过钱。付款的功能也正常。这种手头有闲钱的感觉我好久没体会过了。不过,我还是缺钱。因为花钱的地方真的不少。火星基地里的娱乐设施那里开着一家麦当劳,那里卖的都是真正的食物,而且只有这么一家。我也见过驻地小卖部的价目表,那里的东西可真不便宜。

当然,吃点不一样的东西是很好。可是,一顿"真正的料理"在这里要花多少钱,你们知道吗?

我一周的收入都吃不起火星麦当劳的一顿饭。这么贵自有它的道理。很简单,由于商联向我们配给了"超满足",所以需要把地球到火星的运费和检疫成本转嫁到其他食品上。

唯一的安慰就是,在地球上的时候,商联人曾经发给我们的茶叶在火星的小卖部里也有得卖。价格算不上便宜,但这茶叶跟我平时喝的不太一样,味道还不错。

一开始我也不相信,区区茶叶竟然能卖到这么贵。不过,在来火星的路上,我的想法发生了改变。我虽然不太喜欢那个叫紫涵的中国人,但是她的祖先发现了茶叶和热水这种伟大的组合,不得不令人心生感激。

没钱到底是让人头疼。不过,话说回来,这也是暂时的。只是我现在的工资还不够高而已。等到我通过测试演习之后,不仅工资会涨,商联配给我的茶叶也会变多。

而且我还打听出来一个小道消息,有人说我们在火星上的训练非常简单。

厨房那天也广播过,我们在火星上大概会待一周。这里头真正的训练时间,大概只有两三天吧?

不过帕普金也说过,我们K321小队会在火星上待很久。所以究竟会怎么样,我也不太清楚。不管怎么说,明天我终于能真正地踏上火星的土地了。不是基地里的这种地面,而是室外真正的火星大地。

我们只在这儿待一周,训练肯定也只是走个过场,之后在别处肯定还会有正规的培训之类的。反正到时候帕普金会通知我们的。我这样想着,沉入了梦乡。

第二天,我准时到达了指定的地点。

在房间里,来来回回就对着那四张脸,泰隆、瑞典人、英国人,还有那个中国人。

我本以为今天能见到别人,结果竟然一个都没有。

"怎么就咱们几个?"

听了这话,泰隆附和道:"就是啊,我还想见见其他人呢。"我不禁疑惑。集合地点在训练场的门厅,我本来想着训练应该会用到武器,就四处打量了一下。可是,看了一圈,什么都没看到。

真的是,什么都没有。

就是字面意义上的什么都没有。这里就是一个门厅,只有个大门,将基地跟火星表面的世界分隔开来。

"在这种地方能干什么?"我疑惑了。

"不是说要搞个什么新型的教育项目吗?"瑞典人一本正经地说。这个新型的什么东西,应该运作得不错,毕竟有我们参与。

只是……我脑海中突然闪过一个念头,就说了出来:"你们不觉得有点奇怪吗?"

说是要训练,却让我们待在这么个地方,究竟是要干什么?

"我也有点担心,我们是不是被当成小白鼠了……不过,我们在这里干想也想不出什么来。你们也看到了,我们到现在什么都没有做。"

英国人这种兜圈子的说话方式真是让人喜欢不起来。虽然她的话我能听明白,不过,这样的人,我可不想跟她进行多余的交谈。

跟她对视我都不想。

"你怎么回事,不教训别人就不会说话了吗?"

"你什么意思?"

哎呀哎呀,我摇摇头。

"怎么着,不懂装懂吗?你,你想怎么样?"

"大家别吵了,教官来了。"中国人小声地提醒道。直到这时,我才发现远处有个人正在往这边走过来。那人影只有豆大点儿,亏她能看得见。

教官看起来走得很缓慢，可不一会儿就到了我们面前。

我们只有五个人，可他却还要特地确认一遍是不是全员到齐了，一个一个地数过去，一个一个地打量我们，然后满意地抱臂站在那里。

他难道还能数出第六个人来吗？我都开始为自己的前途感到担忧了。教官，快别做这种傻事了。

他当然不知道我内心的想法，还居高临下地看着我们说："在训练开始之前，我提一个要求。你们要服从命令。好了，不用回答我。"

英国人嘴里小声地嘟嘟囔囔，结果教官的耳朵太尖了，听到了她的抱怨。

"你，刚刚说'这有必要吗？'"教官冷笑，空气中弥漫着淡淡的杀意，"你即使不说斯里兰卡语，我也听得懂。你个破落户还想用自以为高贵的英国口音骂我？认清现实吧。"

我不知道英国人她能不能认清现实，但教官的这番话无疑是一种挑衅。这种把戏，我在收容所里见得多了。无非是想激怒我们，才故意说些刺耳的话。简直再明显不过了。

他的目的就是用言语激怒我们，在精神上击垮我们，来迫使我们服从他。这种套路，简直称得上拙劣。

他接着说："我知道你们心里都在骂我。这很正常。你们可不能跟我比。我可参加过两场失败的空降作战。你们要是想不明白这是怎么回事也没关系，只要想到你们的脑容量只有鸡那么点，我也就不要求别的了。"

他似乎很骄傲？我可不知道参加过两次空降作战代表着什么。真叫人不爽。唉，到了太空里之后，尽是些这样的事，我之前还真没想到。

最难办的是，我不知道这些人所说的标准是什么。这是我的弱点。

"不过，你们这群尿货要是搞内部斗争，互相对立的话，那可是违背自然法则的。不过是乌鸦笑猪黑，一个个的全都跟鸡屎一样。"

我刚刚听到了一个叫"鸡屎"的词，可是不知道是什么意思。在我还要依靠翻译机的时候就是这样，总是有很多不明白的词。

这里的空气相当清新，可是，跟这清新的空气不相匹配的是商联非常繁杂的工作。

"这几天，你们的表现真是让我看不下去。从今往后，要是再让我听到你们互相称呼'哪儿哪儿人'，不止这么干的人要受到处罚，放任这种行为的人也要承担连带责任。"教官命令道，"记住了，你们都是烧鸟。在成为烧鸟之前，你们都是没成熟的肉鸡，不是什么日本人、美国人，更不是什么愚蠢的盎格鲁-撒克逊人。"

这是我生平第一次听到有人能把人际关系说得这么奇怪。教官的表达能力还真是不一般哪。

"要是想要得到别人的怜悯，你们得先把自己变成真正的火鸡。你们现在还只是肉鸡，半生不熟的，可以说完全不够格。"

火鸡？什么意思？

真是搞不懂他想说什么。

"你们最好不要让我绝望。我知道对于你们这种低能儿来说，这着实是强人所难，不过这是我的工作。"

他说了这么多，在我看来不过都是在挑衅。这样就够了。反正我不喜欢这个人，他大概对我也看不上眼。

所以，我有什么理由把他的话往心里去呢？这就跟和收容所那群猪打交道一样，把他们大部分的话当成耳旁风，只去听那些有用的东西就行了。

"你们至少要在保质期到期之前完成训练。只有你们通过品质检测，我才能从看守你们这个苦差事中解放出来，睡个好觉。"

我要是知道他要说的是这些侮辱人的东西，肯定会把它们当耳旁风。至于被这么骂会不会往心里去？那肯定会的。但是，要是明白这就是他的目的，那就另当别论了。

"我只能祈祷你们可以平安无事地撑到合格那天。对了，你们也知道吧，神已经不存在了。不过没关系，商联人就相当于神。我还能指望他们呢。"

我皱了皱眉头，今天这教官怎么这么多话？这让我想起了被莫扎特的曲子勾起杀意的感觉。不过，那时候我被困在狭小的空间里没完没了地听莫扎特，连睡都睡不好。跟那时候比起来，这个不愿意透露姓名的约翰教官不管怎么吵吵也就那么回事了。

然后,一直在唱独角戏的教官似乎也察觉到了什么。

见我们全队的人都礼貌地保持沉默,他轻轻地咂了一下舌,总结道:"好了,我就是提前给你们说明一下。至于你们的小鸡脑袋能不能想明白,我不抱什么希望。不过你们最好记住,厨房跟地球上可不一样。"

嘀,教官还挺细致,竟然特意告诉我们厨房不是地球。不过,这种事不用他说我也知道。这种赤裸裸的挑衅,真是令人恼火。

"商联人不是慈善家,他们把你们从地球上带出来,在火星上搞行星改造,还给你们发工资,完全是迫于形势。"

这教官净说废话,离题万里。总之,就是商联军方要求所有参加行星作战的人都要在母星之外参加训练呗。像我们这种地球产的肉鸡,要是不在火星上烤一烤,做好品质管理,是无法投入使用的。

真是长见识了。

这样的教学效率,让我想起了日本的学校。那些了不起的教师手底下,每年都要产出大量的落榜生。

别人虽然不像我一样想起扫兴的往事,可也不是在津津有味地听教官讲话。眼见气氛迅速地冷了下来,教官拍了拍手。

太好了,终于要结束了吗!

"你们这群为了钱来到宇宙角落的下等人,来跑马拉松吧。这里的重力可是比地球上小,快跑!"话音未落,教官就打开了门。虽然是去野外演习场里，这也算是我踏上火星大地的第一步。我抢先一步，想要比其他队员更快地踏出这道门。就在这时，我察觉到了点不对劲。

这是怎么回事？

这跟我在太空中看到的不一样啊。哪里还有那种微蓝的颜色？这地面不是红色的嘛。不过，火星的地表是红色的，这也不是什么大问题。

这里的空气才是大问题。刚刚跨过那道门，就有什么东西变得不一样了。我感觉自己并不是待在一个经过行星改造的星球上。要不然，我为什么会呼吸困难？

为什么我非得在地面上感受这种溺水般的痛苦呢？

"快！跑起来！不要杵在门口！"

我听到身后的声音，吓了一跳，不禁回头看去。

简直不敢置信。

这种环境，连气都喘不过来，还跑步？

教官又大声喊道："我说了火星重力小是让你们偷懒的吗！"

呼……这个人、他的肺、是怎么长的？

"要是不能呼吸的话什么都干不了。就算是为了掌握呼吸方法和运动方法也要跑起来！小鸡崽子们，跑！跑！跑！跑起来，用身体来学习！"

学？怎么学？我刚想要问一下，教官就用力地给了我一下，吼道："少废话！"然后，他又对着我们所有人继续吼，就像不想再说第二遍似的："跑起来！快！一群只会耍嘴皮子的懒蛋，什么都干不成，还不会动脑子。快！照我之前说的，跑起来！"

然后，K321小分队的所有成员就被教官追在屁股后面，被迫奔跑在略带红色的火星大地之上。

这之后的事情，我都不想再回忆了。

只有那天，我切身感受到了商联人所谓的"正确的定义"。

真是悲惨的经历。

不过，还有比这更强的。不对……或许应该说"更惨的"？

第二天，等待着我们的，是一个叫作"行星轨道空降步兵技术评价演习A项目"的东西。我跟其他队友都觉得这其实就是战地试验。也就是说，这是为了证明肉鸡已经被烤成真正的烧鸟而举行的小组对抗式演习。

在这期间，我深深地体会到了记忆转移装置的威力，甚至都要生出自卑感来。不管多么努力、怎样钻研，在尖端技术面前，我们都显得不堪一击。

这是我头一次，伴着屈辱，体会到商联的强大实力。

通过记忆转移装置，我的大脑里被装进了斯里兰卡语。仅仅是这样，我就能读能写，真是太厉害了。

我曾经跟K321小队之外的人聊过，在这方面我们的情况都差不多，所以我也就把这件事抛诸脑后了。

别的小队的人除了斯里兰卡语之外，脑内还被转移进了其他的数据。在刚到火星的时候，工作人员说过，"向大脑内转移必要的知识和记忆",原来是真的。

也就是说,别的小队还学到了"战斗技术""战术知识"和"协作"等一系列的知识。

再看看我们,唉,没办法。

我们大脑里除了斯里兰卡语,什么有用的知识都没有。那我们除了祈求活命之外还能做什么?我们甚至都不能适应火星上这种奇特的自然环境,几乎要窒息而死。到底是动还是不动?我们竟然还在考虑这种层面的问题。

然而,苦于适应环境的只有我们K321小分队。除了我们,其他人全部都通过记忆转移掌握了必要的知识,可以说做足了准备。

我真心羡慕那些可以轻松活动的人。实际上,该做什么,该怎么做,他们全都知道,全,都。我们竟然要在这种情况下参加测试演习,结果当然是以我们的惨败告终。

三战三败。

败率百分之百。

我手上有成绩单,说来博君一笑。

生存能力:F(极差,几乎无生还希望)

战果:F(极差,是否有战斗意志存疑)

战术贡献性:F(极差,不能理解任务目的)

个人战斗技能评价:F(极差,等同于消极怠战)

综合评价:F(极差,亟待改进)

我原本是个优等生,太久没见过这种满是 F 的成绩单了。这"极差"的评语,简直就是在剜我的心。理所当然,我们的不及格率达到了 100%。

再没有比这更坏的结果了。

屡战屡败,全军覆没。

从某种意义上来说,这也是一种必然。

最开始演习的时候,我们连呼吸都很困难。教官强行给我们配备了演习用的电子裁判器,而直到第一次被宣告全军覆没的时候,我们都还不会用。

慢慢地,等到了第二次,我们搞懂了电子裁判器的用法。可直到第三次,我们连手里的击针式步枪都不会用,更别提搞明白自己该干什么了。

所以,我们会全军覆没,拿到一堆 F,都是必然。

我们 K321 小分队一开始什么都不会,甚至要从端枪的姿势开始学习,就像一群鸭子一样,被赶进演习场里,转瞬之间就全军覆没了。

我要是有这样的对手,肯定会感到狂喜,巴不得去狩猎他们。别的烧鸟虽然跟我们一样都是第一次演习,却什么都会,所以说,出现这种状况,都是理所当然的。

我们 K321 小分队总是达不到厨房的要求。教官也总是摆出惊愕的表情骂我们。"你们怎么能弄出这样的成绩?"受到了侮辱,我们当然会记到心里。

说白了,这本来就不是我们的错,更不是我的错。只要动动脑子就能想明白嘛！教官担负重要的职责，却只会冲我们大吼大叫、发泄情绪，这样怎么能达到教育的效果！？

我甚至开始怀疑，这样做有什么意义？

真是搞不懂这教官在想什么。搞不好这人什么都没想。

不管怎样，我敢断定，帕普金这个奇怪的新教育项目肯定会一败涂地。这么搞绝对不行。其他人肯定跟我想法一样。

我简直傻得可笑，竟然跟着他搞这个。

狗屎、狗屎、狗屎！……为什么我总是遇到这种事！？跟我报考大学的时候一样，只要我想要给自己找一条出路，就会栽个跟头。

帕普金这个瘟神！约翰·杜这狗东西！

让我们去参加真正的战斗吧！我可不是来当靶子的。

我们总是体验这种自卑和屈辱交杂的感受，没有任何进步。而且，几次过后，我们队友之间的塑料队友情就烟消云散了。

跟在货运飞船上的时候一样。也跟我在日本的时候一样。到哪里都是这样，我总是被一群只会嚷嚷的傻瓜拖后腿。我的大好前程总是、总是会被傻瓜破坏。

而我毫无办法。

我只是不想被别人牵连，但为什么总会被这些孽缘纠缠呢？

压倒我们的最后一根稻草是，跟我们K321小分队搭乘同一艘货运飞船来到火星的其他人全都通过测试，离开了火星。

就跟厨房说的一样，他们仅用了一周的时间，就通过了测试演习。

接下来我们所面对的,是一批新人。而且,他们也轻松地战胜了我们。这简直让我惊愕。

这个火星基地,说是个综合加工点也不为过。这里的人把新兵称作"肉鸡",再用记忆转移装置把这些肉鸡"烤一烤",加工成真正的烧鸟。在经过出厂检测之后,大部分都被交付给商联军方。

所以,换句话说,检测不合格是不能交货的。这工厂对待他们的老主顾商联军方,那可是尽职尽责……可不像对待我们这样敷衍了事。

总之,我们必须得通过这个演习。不然就得一直待在这里。我可不想一直没有进步。现在,在演习上,K321小分队可算是老手了。

时间过得快了起来,不用在乎那一天四十分的时差了。

对了,说到这里我又想起另外一件事来。现实总是让人无法接受,随着时间的推移,我面临着一个令人意外的棘手问题。

茶快喝完了。

离开地球之前,商联按规定给我们发放了定量的茶叶。我知道这么想可能有点傻,但是,不要白不要,我觉得欣然接受这些茶叶是我人生中做出的一大正确选择。

"超满足"简直难吃得要死,进食之后,淡而无味的水不足以冲散嘴里残留的味道,只有喝点茶才行。值得庆幸的是,在货运飞船 TUE-2171 上并没有其他具有刺激性气味的东西。所以我的茶叶才足够支撑到现在。

在火星上，我面临着同样的问题。为了把"超满足"的味道压下去，必须得喝茶。所以我的茶叶日渐减少。虽然商联会发一点，但发的这点完全不够喝的。我也想过去买，可是就我那点工资，根本买不了多少。就算把账户里的钱全都花掉，买到的茶叶也很快就会见底。要是每次少喝一点，用淡淡的茶水来压"超满足"的怪味，无疑会使我感到屈辱。

茶叶是"咖啡因供给源"，只要通过测试演习，我就能得到优惠力度极大的定期折扣，以低廉的价格买到大量的茶叶。但要是通不过，我就没有这个资格。

"超满足"这种难吃到无可救药的食物，要是就着白水吃，肯定会让人发疯。要是想吃点正常的东西，就得去娱乐区那边的麦当劳。但是，吃麦当劳可是要钱的。

我听说，在一个叫"特殊区域"的地方也有卖食品的店。不过，我连麦当劳都吃不起，那些店怎么看都不是我能去得起的。

守着狗屎一样的队友，做着还没有狗屎有用的训练，在这种情况下还要忍受只有白水和"超满足"的糟糕伙食，这种日子我可不喜欢。

接下来的日子就要跟时间赛跑了。

如果再通不过，我就要受不了了。整天跟一群傻瓜待在一块儿，这种事我敬谢不敏。

凡是拖我后腿的人，都是我的敌人。

我怕自己在把他们当伙伴之前，先拿击针式步枪把他们给突突了。那场面可就不好看了。

妈的，帕普金这货，就不能招几个跟我一样的正常人吗！除了我之外，K321小分队里就只有泰隆这么一个稍微正常点的人了。就连泰隆都不能说是绝对没问题的，可见其他人简直就是无可救药！满腔愤懑无处发泄，冲动之下，我在走廊里挥拳砸向了墙壁。要是再不改变现状，我就完了。

不过，教官的脑袋好像有点问题。明明我们已经连输十场，而且很明显接下来还会继续输，可他依然固执，执拗地要求我们K321小分队继续参加室外演练。

而接下来，"行星轨道空降步兵技术评价演习A级项目"的结果也毫无悬念。这一项目依旧是室外战斗训练。

演习场是一片通透的场地。就在这片场地上，我们再次一败涂地，成了别人的得分道具。我苦闷地抱着我那装着电子裁判器的击针式步枪彷徨。

结果还是一样。我们再次被满成绩单的F迎头痛击。我们已经收到了十一次"极差"的评价了。看到别的小队的人带着他们从A到C的成绩轻描淡写地从我面前撤退，我简直要咬牙切齿。

这搞的什么鬼东西！

我神情呆滞，仰头望天，发出无意义的声音。

面前是看惯了的火星风光。天空看上去与地球上相似，但实际上很是不同。不过，这种令人不快的气息却与地球上别无二致。很久之前，我还以为自己可以摆脱这些。可为什么会落到这种地步？

没时间了。

真是让人焦躁。

这到底是为什么？

我不由摇头，却突然嗅到了一股奇妙的味道。那是一种微微的甜香。明明刚才还没有这味道的……嚙！我知道了，又是她！

"中……那个，紫涵，不要喷香水！"

"这是我的自由吧？演习之后就不要再管我了。"

"在火星上有几个人跟您一样行使这种自由的？要是您出事了我可是要吃挂落的。别连累我。"

我们K321小分队走到哪里都能被人认出来，最大的原因之一就是她！我不知道她是怎么弄到这玩意儿的。这傻瓜，拿到手之后就开始没完没了地喷。

难怪我们老是得到生存率极低的评价。这人是不是误会了什么？这里是火星，不是别的地方。

该说不愧是新兴发达国家的公民吗？这些有钱的少爷小姐，想法还是太幼稚，太小瞧世道艰险。看她说的都是些什么话，真是无可救药。我明明这么拼命，可却被如此拖累！

"说到拖累，明，你哪怕保护过我们一次吗？"

我摇了摇头，简直要被她的论调惊呆了。我？我凭什么要保护他们？于是我说："那我也没有拖累你们吧？别要求太多。"

"要是我们不保护你，你早就不知道被自己玩死几次了。你要是不明白，就别腆着大脸说废话。"中国人说完，就不再开口了。我也真是理解不了，我什么时候让他们保护我了？

"我可没求着你。我放着泰隆不求，会来求你？"

这时，一个声音插进来："明，你这样就有点不公平了。不要把别人扯进来。"于是我冲泰隆点了点头，表示抱歉，而泰隆则连忙摆手。虽然我不像瑞典人那样是个和事佬，但也不想起无谓的争端。

"不要打岔。明，你这样真卑鄙。"

出言指责我不公平的是那个白人女。真是的，她那个噪音源的外号真是起对了，多管闲事，胡乱插嘴。这人，总是满嘴喷粪，真是叫人不知道说什么好。

我不禁反唇相讥："阿玛利亚，这跟你没关系吧，闭上你的嘴。"

"别呀，我还没说完呢。紫涵说得对，你算什么东西？你感觉自己非常厉害，做什么都是对的吗？"

说得对。我就是这样。我有权利觉得自己是对的，"反正我比你做得好。至少我一直在延长队伍的生存时间。"今天演习失败，要归因于阿玛利亚"持久作战"策略的错误。这次生存率虽然提高了一点点，但其他的项目全都得了 F。

……这种状态，以至丑态百出，难怪会被教官骂毫无斗志。

"阿玛利亚也在保护你。你没注意到吗？"

"有这工夫，她还不如改改自己好为人师的毛病。我们因为她的指挥都全军覆没几次了！？"我终于爆发了。

什么保护不保护的，我才不在乎这个。倒不如别拖我后腿。他们不打扰我就是万幸了。

"好了好了，大家不要吵了。"

"你闭嘴，埃尔兰多。你又要来和稀泥吗？就是你一直和稀泥事情才会变成这样！"

这就是不说真心话、老是打马虎眼的后果吗？我实在是不能苟同。

"你是只把自己当成受害者了吗！？"

"我喷香水了吗？我给队友添麻烦了吗？阿玛利亚，你这是因为全军覆没在生气吗？如果是的话，你说出来啊。"

英国人听了又想大喊大叫，可到底把话吞了回去，还瞪大了双眼，向我的身后看去。

我马上回头，想看看是怎么回事，不过还是太迟了。

"小鸡崽子们，怎么，你们通不过测试还要吵架吗？"教官语调平静，不像之前见了我们就骂。我本能地嗅到了危险的气息。

他是什么时候过来的？

我不太清楚。等我察觉到的时候，他已经站在那里，如雕像一般。真是难以置信。他刚刚绝对没在这里，不知道怎么回事，嗖的一下就出现了。

教官摆出笑脸，做出了一个不知道算不算和蔼的表情，可眼中却没有丝毫笑意。甚至他的语气都不似平常，非常亲切："看起来大家体力还是很充沛啊。真是不错，这很好。"说着，他看向我们，状似和蔼地说："是吧？"我顿时直觉不妙。

"诸位如果觉得火星上的训练太过无聊，不值得认真对待的话，那就是我教得不好了，我在这里给你们赔不是。"教官一边说着这些违心的场面话，一边打量着我们。

然后，他又接了一句："你们这些鸡崽子，想体验一下死亡的感觉吗？"说着，他就扔给我们每人一包负重，那力道简直可以把人撞飞。然后，他让我们从演习场的这头跑到那头。

我们的一切不满、意见和牢骚都被他压制住，轻易说不出来。教官展现出了不同往常的强硬。

火星这片经过行星改造的土地，浸染了我们的汗水、血液以及呕吐物，也充斥着各种嘲讽谩骂与拳脚相加。

"神啊……"

"蠢货！不要寄希望于不存在的偶像！"教官将祈祷的瑞典人一脚踹开，吼道。我用余光瞄了一眼，却无法停下脚步。

"请你不要这样！"瑞典人少有地发怒了。

可教官却毫不在意，用平静的语调说道："你那记载着神明事迹的万能书籍里，提到过商联人吗？要是有的话，请务必告诉我。有没有？在哪里呢？"他滔滔不绝，似要驳倒瑞典人一般，"哼，连商联都想象不到，这种原始人写的废纸你也信，真是蠢得无可救药。"

这个虐待狂，是不是还要我赞你一声精明？

不过，瑞典人摔倒倒是个好事。这样，教官或许暂时只会注意到他呢……我这么期待着，不想事与愿违。

"咱们这儿有撒玛利亚人吗？有人能帮帮可怜的埃尔兰多先生吗？没有吗？真是残忍啊，你们这些人，难道就嘴上说得好听吗？啊？你们这群烤不熟的鸡，残次品！？"

这教官真不是东西。

怎么就冲着我们来了？

"你们这些人，知不知道你们这个小分队是为什么组建的？我拜托你们，就算你们不动动那小鸡脑袋，也不能这么不用心吧。"

虽然他话说得拐弯抹角，可话里的意思我还是能听得懂，无非就是挑唆煽动。这是他的一贯套路。

"刚刚感情用事，大吼大叫的傻瓜们，你们会用心想吗？"

嚯，这是在针对我和英国人。嗨，我刚刚要是忍着点就没这么多事了。想着，我向旁边瞄了一眼，正对上一双带着怒意的碧眼。

我给她使了个眼色，示意她趁早闭嘴。要是动静太大了，那除了虐待狂没人会高兴，连这个都不明白吗！？

我这么拼命地给英国人使眼色，可她还是无视了我的暗示，轻蔑地冷哼了一声，冲着教官叫嚷了起来："我可不是残次品！"

"你说什么？"教官装作没听清的样子问道。

英国人猛然冲到教官面前，嚷道："请你道歉！更正你的说法！我！不是残次品！"她用尽全力地吼着。不过，谁又能否定呢？谁又能说自己很好，不是残次品，要求别人这么评价自己呢？

……至少我在拥有可以证明自己的能力的证据之前，是没有立场这么要求的。

不过，来这里真是一步臭棋。再忍耐一下啊！！

"承认吧。"教官冷笑着嘲讽她，接着就毫不掩饰地出言挑衅，言语露骨。

我很不爽，尽管知道他是故意的，但还是会往心里去。

"K321小分队的成员，在互相拖累方面，那技术可是一流的。"说完，教官又把英国人一脚踢开，那神情像是在说，听明白了就闭上嘴。我们在旁边都要看呆了。接下来，教官又转向我们，毫不掩饰自己的轻蔑："你们告诉我，帕普金先生是不是告诉过你们肯定通不过测试，让你们敷衍了事？没有吗？那你们就是被派过来训练我的吧。让我学习一下在面对极度无能的受训者时怎么样才能不崩溃吗？啊？"

我明白，这些话都是挑衅。

"对了，你们是不是生来就是为难我的？不然我为什么要整天对着你们这群蠢货？"

这个畜生！真讨人厌！他太会挑起人的怒火了！

"真想见见你们的父母。我太想知道了，到底什么样的人才能生出你们这种东西呢？"

"老头子，你说话注意点。"

"泰隆！"我和中国人忙伸手阻止他。可他挥开我们俩的手，紧紧盯着教官，捏紧拳头就冲了上去。这人真是的，家人是他的底线吗？真是糊涂啊！

"真想照着你那张装模作样的脸给上一拳！"

"蠢货，我看你还不如照着自己的脸来一拳。"教官出言相讥，紧接着就一记交叉反击，格挡开泰隆砸过来的拳头，轻轻松松，一招就把泰隆魁梧的身躯给击飞了。

"看你就知道你父母什么样了。不对，好像反了？那就是有其父必有其子。你们这种人，就像野草一样，越是废物，繁殖力越强，真讨厌。"

"你！"不知道该不该说意外，中国人到这时候绷不住了。

"你来争取自己的权利了吗？一个连烧鸟都当不了的垃圾，哪来的勇气？"教官轻松躲过她的拳头，把她也扔了出去。

紧接着，他对着我说道："真是不得了。我都要晕过去了。地球方面这是把火星当成垃圾场了吗？怎么样，明。你有点自知之明吗？"

我才不是垃圾。

我跟他们才不一样。只有我，只有我！我才是正常的那一个！

教官的疑惑也好，什么也好，我才不会去理会。

我一拳砸向了他那张虚伪的脸！

厨房——装备调查研究部门

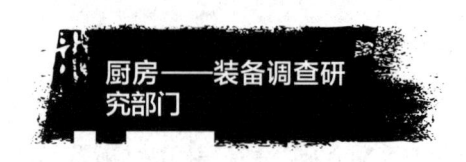

我之前考察了火星的培训部门，说实在的，太叫人失望。

为表公正，我有一说一，其实我对他们没有抱太大的期望。他们只是一群辖地公民，不属于任何氏族，可能没有接受过良好的教育。这些地球人，不管个人资质如何，没有良好的环境，肯定不会有什么大的成就。

我要是要求他们成长为光荣的商联士兵，掌握各种先进的知识和技能，那就太可笑了。这就跟要把我的尾巴切掉，我还得觉得理所当然一样，简直就是出丑。

我们并没有做出这种要求。

商联的要求水准已经做过调整了，对他们的要求只比安保机器人高一点点。可叹的是，就连这样的要求，K321 小分队的这群地球人都达不到。

商联从本国舰队的装备研究开发费里，拨付了巨额经费用以改善装备，可他们连击针式步枪都用不好！种族的构成，就跟手一样，通常都由四根同方向的手指和一根大拇指组成。只是地球人的这手格外不同，是由五根大拇指构成的，根根都要往外伸，一点都不齐心，人人体格相差无几，却做不成什么事。

就算我们的氏族再怎么没落，也能找到比这更好的投资项目。要是有一天情况变了，那肯定是商联要完蛋了。

"……帕普金，那就是你说的'新的可能性'？"我装作不经意地插了一句。

我辨别不出其他种族的性别，但也能弄明白眼前发生了什么。单看这堆人里的大个子在殴打小个子，就能明白，他们恐怕是起了内讧。

受训者反抗教官，被毫不留情地镇压了。五对一，还被打翻在地，他们根本就不是教官的对手。

"真是令人惊讶的训练成果啊。要是通过财政拨款计划的母国财务氏族看到这些，一定会大受冲击，跳进反应炉里吧？"我这话说得极尽讽刺，可是被讽刺的地球人脸皮极厚，丝毫不为所动。"厄古斯武官，你也说了……很显然这些人只是还没有完成训练，是不会立即被投入战场的。"他讲着一口流利的商联通用语。

要是不看他的姿态，我会以为自己是在和商联母国的氏族成员讲话。这人巧舌如簧，还在滔滔不绝地说着，不容别人打断。"还没孵化的蛋当然不能算鸡。谁也不可以批评它们不会飞。"这个地球人指着场内乱作一团的人,补充道,"更何况他们可是金蛋。"

"你还记得刚刚他们试图袭击教官结果被轻易镇压了吗?你这话简直比地球的笑话还讲不通。你护着他们也要有个度啊。"

"我看他们进步挺大的,不好意思,厄古斯武官,这是一场长线投资。"

"帕普金,你认真的吗?还是在拐着弯儿挖苦我的氏族不会投资?"

"你竟然这样挖苦商联的人?"我叹了口气,状似亲近地锤了一下这个地球人厨师的肩膀。我听说这是地球人的礼仪,但说实在的,我并不是很能理解。学者们也在研究为什么地球人如此喜欢肢体接触。

有一派学者认为,这是由烧鸟本身的好战性决定的。他们认为,烧鸟拿拳头来交流是因为他们喜欢互殴。这个说法看似说得通,可就我对烧鸟的了解来看,并不是这么回事。

据我的了解,他们这种行为多半是情绪不稳定导致的(由于缺乏咖啡因而造成的濒临精神错乱的状态也属于此类)。我想,这一行为可以归类为"长期处于天然重力环境下所萌生的奇行与恶习"。

"帕普金,我想了解你们是怎么区分'YAKITORI''烧鸟'和'地球人'的?"我说这话其实跟在谈判时讲对方的俗语一样,虽然不懂这语言的意思,但说出来可以表达我对商业伙伴母语的尊重,这一点极为重要。更何况,我跟帕普金种族不同,我想要向他释放善意就变得尤为困难。

也正因为如此,我才会更加努力,也更加真诚:"现在的烧鸟基本上只能算作一次性用品。我知道你很想改变现状,我也无意反对你。"

但是,凡事总有但是。"他们都表现成那个样子了,你还打算继续纵容下去吗?要是以后他们的表现还是这么差的话,我的氏族就不会再给你投资了。"

我这算是交浅言深了。要是让母国知道我一个舰队士官跟一个辖地公民说这么多,我肯定会遭到指责。不过,正因如此,我才能唬住这个厚脸皮的地球人。

……我向他看去,看到了他那故作惊讶的表情。

虽然我不太能分得清地球人的长相,但是身为一名战士,我单凭直觉就能分辨出什么是故作惊讶,什么是发自内心的担忧。

"……说实在的,厄古斯武官,我从以前就想不通,你为什么要这样?"

"不要问这种模糊的问题。"

"在我的印象中,除了狂热的学者们,没有别的商联人会对我们这些原住种族产生兴趣。你们这种人的职责和关心对象,不应该是通商和宇航吗?"

实际上,这地球人说得没错。从原则上讲,商联人确实不会对行星原住种族产生任何兴趣，要是一个星球上没有什么战略资源，我们是不会对这个星球做出除了开放自由贸易之外的要求的。财务氏族的人常说："尊重当地人，不掀起风波，是最经济的做法。"

"我觉得……厄古斯武官您不像是个商联海军陆战队的士官，倒像个学者。"

"得了吧帕普金，你这话让我想起了跟母国财务氏族打交道的经历。"直到现在我还清楚地记得，他们把我调派到火星上来的时候，也说了这么一番话。"您不仅具有军人的能力，还拥有学者的风范……"这种吹捧在一个军人听来简直要起鸡皮疙瘩。

实际上，谁都不想在这种边境行星上工作。

只有那些狂热的学者才会为了名义上的主权，兴冲冲地降落到净是原住种族的行星上。

令人悲伤的是，性格合适、足以兼任总督和高级专员的学者可是抢手货。有能力且愿意接受总督府琐碎工作的大学者总是供不应求。这是商联市场的失败。

就这样，倒霉的舰队士官，也就是我，不得不卸下舰队里的光荣职务，踏上这颗行星，忍受着令人不适的天然重力，来行使商联的主权。

"您可是个了不起的大学者。'厄古斯教授'这个称号也很称您呢。"

"你这是幸灾乐祸吧？要找碴儿？我没记错的话，我们只是商业伙伴而已。"我半开玩笑半认真地说道，突然意识到话题已经被扯远了。

这人是故意岔开话题的吧。我被他这种江湖骗子一样高明的话术给绕进去了。不过说实在的，我并不讨厌他这种说话方式。跟他展开这样的谈话也可以算作跨文化交流的一部分。不过，要是为此耽误本职工作可不行。

"好了，帕普金，我们言归正传。"我不给帕普金开口的机会，紧接着又说了一句，"我的氏族可是以先祖之名起过誓的。你再看看他们的训练成果，太不像样了。这问题很严重。"

要是这群地球人没有被培养成为一群毫无纪律的暴徒，刚刚那一幕就不能证明资金的使用是正当的。虽然烧鸟只是辅助性战力，可凡事总要有个底线。

"就算投资在短时间内得不到回报，那也应该有个样子吧。"

"您是想说什么呢？我不太明白您的意思。"帕普金这个地球人，要是能成立一个新的氏族的话，一定很适合财务氏族。他有这方面的资质。而且他说话滴水不漏，要是从事外事方面的工作也一定前程远大。

这个操着一口流利的商联通用语的地球人，未来有无限的可能性，绝对不容小觑。

总之，他就是我这种武人的天敌。

我亲爱的飞船啊，我是多么想念你。

"帕普金,我感觉自己说的已经够清楚了,不用再解释了吧?"……我还是解释一下吧。我就知道,我迟早得落到这种自己反驳自己的境地。"他们根本没有办法被投入使用。"

这群人,在队内还要起冲突,更别说达成初级的协同作战了。缺乏团结精神是个致命缺陷,就是军盲也能看出这一点。

"我真的要感谢祖先,这里不是母国财务氏族的考察范围。"

"一边命令我们削减开支,一边又对烧鸟漠不关心,这样我也很难办啊。"

"母国只是指出了资材损耗率过高而已。在母国公民的眼里,没有公民权的烧鸟就是这种东西。对烧鸟,他们既不会抱有恶意,也不会有什么关心。"

烧鸟基本上都是从没有公民权的原住种族中招募的。我想,不管经过多少代人的努力,烧鸟中也不会发展出一个新的氏族。

不,不对。想到这里,我摇了摇头。

帕普金这样的人太少了。现在,在母国公民的脑海中,烧鸟和地球人就是同一种东西,微不足道。

"说到底,烧鸟在商联人眼里就是廉价的消耗品。我正是想要改变你们这种看法。"

"你还真有野心啊,帕普金。"

实际上,从现状来看,烧鸟从这种最经济的状态转型失败之后,就算侥幸从战场生还,也难以回收再利用。在预计环境之外的损耗率，只能用一个"高"字来形容。

就算行星空降作战十分残酷，可这样的投资回报比也说不过去。

最终，问题还是出在了熟练程度上。也不知道是不是因为种族间的差异，由地球人组成的烧鸟小队作战成功率极低。

不过，如果单从费用方面来考虑的话，比起向空降作战的战场投入母国海军的精锐力量，还是维持现状更为划算。话虽如此，这些烧鸟的作战成功率低过了底线也是事实，改善更是刻不容缓。

"大家都想提高品牌价值，不是吗？"

"那是自然。"这个地球来的厨师，总是这样随声附和。

"不管是母国还是舰队方面，就连我也期盼着你们做出改善。我们不是慈善家，不想投资毫无价值的项目。"

投资该有长远眼光，这谁都不能否定。可明知是赔本买卖，就不能再做下去了。一眼就能看出没有发展前途的投资项目，商联是不可能继续投资的。

撤资也要看时机，必须及时止损。不能收回成本简直就是噩梦。这是每个商联人从小就要学习的一大原则。

就算是我们这种偏好航海多于投资的军事氏族也不例外。

"你的新教育计划要是再这么下去，拿不出任何成果，就要超出母国的容忍限度了。既不能保证烧鸟原本的质量，又要浪费大量的资金，母国的财务氏族肯定会发狂。"

"我觉得，如果能让财务氏族发狂，贵军事氏族应该会不吝惜任何代价吧？"

"不提这个，我现在跟你谈的是投资回报率的问题。"

我们不是吝惜金钱，而是没有盲目到无视机会成本、浪费军费的地步。

"……你本身是极优秀的人才。不过，也正因如此，你往往会对自己的种族评价过高。"

"要我说，实际情况跟您说的正相反，厄古斯武官。恕我冒犯，商联的诸位往往太过于轻视原住种族了。"这厨师说着，哼笑一声，"实际上，谁实力强大、谁做主人，跟种族没有关系。这让我想起了地球历史，东印度公司和印度士兵之类的。"

"抱歉，我不太懂原住种族的历史。好了，说回正题吧。你也不能否认，你的训练并没有什么进展吧？"

"并非如此。这些家伙一直在进步。我们还是有进展的。"

我有些震惊地问他，哪里有进步？这地球人好似看出了我的震惊，耸了耸肩，皱起了眉头，似乎是在苦恼我为什么看不出来。

"最重要的是，他们的体质增强了啊。之后再学习一下怎么运用就好了。"

"体质？"

"这些家伙刚被放进来的时候还喘不过气，到现在已经能精神百倍地跟教官打架了。这简直是再显著不过的进步。之后只要再教他们一些技巧和战术，一切都不是问题。"

看看他这话术，我是真的不擅长应付他这号人。所以我就直截了当地问道："他们能学会吗？"

"地球人的适应能力很强的。我觉得可以。"

但愿如此。我也只能这么期盼着了。不过，我对这事还是抱有十二万分的不信任。

CHAPTER 4

第四章
活路

努力是什么？就是要使用你的大脑。
无用的努力是什么？就是只会使用除大脑以外的东西。
伊保津　明 / 烧鸟

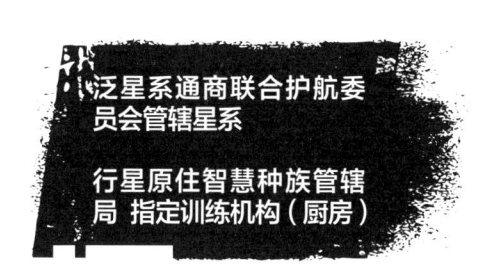

> 泛星系通商联合护航委员会管辖星系
>
> 行星原住智慧种族管辖局 指定训练机构（厨房）

我刚到火星的时候，怎么也想不到自己会落到如此悲惨的境地。我跟身边这些懦夫不一样，我之前坚信自己会出人头地。可现在算怎么回事？

哈哈哈。我只能干笑几声。

我在演习场上和几个傻子一起，被教官摆了一道，跟他打了一架。结果，我们被教官轻而易举地"安抚"住了。我倒在野外演习场上，像一条斗败了的狗，在心里暗暗发誓，以后再也不要落到这种境地。

独自咀嚼痛苦的滋味最是难熬。我浑身疼痛，爬回了床上，把一切都抛诸脑后，什么都不去想。

第二天醒来，简直是最痛苦的时刻。不只是身体疼痛，这屈辱也叫人铭刻在心。尽管如此，我和其他队员也必须去训练。不管发生了什么,训练都会如期开始。

真是一点都不体谅我们。我们都这副惨样了,这训练还是一点都不肯放松。

我拖着刚被教官修理过的身体,草草地吃过人生中最差的早餐,套上全套的装备,按时迈着沉重的步伐走向训练场。

教官已经等在那里了。他的脸上挂着笑,看上去心情大好。"鸡崽子们,恭喜!"

恭喜什么?脑子有病吧?我看你脑子该洗了。我不由得……出于本能,把充满疑惑的眼神投向教官。

"有什么可奇怪的?我是你们的教官,有义务教导你们。这次你们取得了巨大的进步,我感到高兴不是理所当然的吗?"

最近,我终于意识到了一件事,教官的斯里兰卡语十分流畅,可是我听不太明白……我是懂斯里兰卡语的,可就是理解不了他的话。这人说的到底是不是斯里兰卡语啊?怕不是什么跟斯里兰卡语特别相似的其他语言吧?

要不是的话……我在心里琢磨着他的话。

巨大进步?开什么玩笑?

他挨个儿拍了拍我们的肩膀,以一种前所未有的柔和态度对我们笑了笑:"你们刚到的时候,一个个废物得站都站不住,跟现在不是天上地下的区别吗?这绝对是天大的进步啊,至少你们这群小鸡崽子现在已经把屁股上沾着的蛋壳弄干净了。"

这个昨天还极力讽刺我们的人今天竟然这样夸奖我们，还真是让人受宠若惊。真的，他那套我都腻了。要不是昨天刚刚受了那样的屈辱，我真想马上就冲上去暴打他一顿。

他看到了我们这会儿不太灵光的表情，冷哼一声，收起了脸上的笑容，露出一个极其不快的表情："我可不是在讽刺你们。"

呵，漂亮话谁不会说，不值钱。我不禁不顾场合地笑了出来。

"我在这里通知诸位，你们已经修完了身体·精神训练课程（PMT）。以后只要上战斗技术训练课就行了。"然后，他又开玩笑似的重复了一遍刚开始的那句话，"再次祝贺你们。"尽管看出我们对他这种态度很疑惑，可他并不在乎。这教官总是这样，从来不会征求我们的意见。

我摇了摇头，这人真是不讨人喜欢。就在这时，教官带着满脸微笑，半开玩笑地开口："还有什么问题吗？你们要是问了我会回答的，随便问。"他这么说就更显得可疑了。不过，我们这里有个遵规守矩的人。就是那个中国人。她举手示意自己有问题要问，就开始抛出自己的质疑："增强体力真的是我们这段时间训练的目的吗？"

"对。"教官毫不犹豫。

中国人那无懈可击的表情上出现了一丝裂痕。

"那我们所做的这些训练，都是必须的吗？"

"对。"还是同样的回答，让人没有反驳的余地。

"……那我们所做的训练，都是最合适的吗？"

"对。"

中国人也沉默了。训练场又陷入一片寂静之中。也不知道我怎么就那么倒霉。就在这时，我旁边那个聒噪的人又开始张口狂吠了。真是成事不足败事有余。

"我、我们没跟你开玩笑！"

"我也是认真的。"教官一脸傲慢，使英国人的怒火越燃越旺……自从来到这里，我们一直受到他的挑衅。

"那为什么要搞这么没效率的训练！"

虽然我说过她是一条只会狂吠的狗，但有时候这英国人的话也能引起我的共鸣。

不对，先不提这个，教官的说法也太小瞧人了吧！既然要增强我们的体力，那一开始说明白不就行了？

我跟泰隆交换了个眼色，对他说："听到了没有，泰隆，我一开始就知道会是这样。"

"教官，你不说就想让我们明白吗？我可不会去揣摩你的心思。哎，你知道语言是干什么用的吗？"我本来想怼回去的，可是看效果好像还差点劲。我紧紧盯着教官，不错过他脸上的任何细微的表情变化，可惜最终他也只是似蹙非蹙。除此之外，表面上看不出任何变化。

不过，他要是心里有所怀疑，看出我是故意的，那把我的话当作耳旁风也是理所应当。

"我不认为这种事有必要说出来。你们还没断奶吗？凡事不手把手地教就不会做?"教官夹枪带棒,又换了一种略带嘲讽的语气,"也是,你们就没及格过,看来是得手把手地教。

"你们的训练内容跟高原训练类似。在氧含量低的地方训练最高效,这点你们应该都同意吧?"

我要是赞同他这句话,就等同于认可我们现在的训练环境最高效。也就是说,要承认我们从身体到精神的能力都得到了提高。这虽然不是我所受过的教育中最令人不快的一次,但是,他是我碰到过的性格最恶劣的教官。

我不明所以,疑惑地看向他。这可恶的教官表情毫无变化,看起来自信非常。看来,他坚信自己是正确的。

我们都闭上了嘴。在这种诡异的气氛中,只有教官那洪亮的声音回荡着:"还有别的要求吗?我允许你们说一说。"

真叫人恶心。太气人了。也不知道是不是被他激的,我脱口而出:"那我就提一下改善伙食的……"话还没说完,他就动作夸张地摇了摇头:"你们的伙食就是'超满足',这个目前不会变动。"就这么坚决地拒绝了我。

"'超满足'里含有人体在太空中所需的各种维生素和营养物质,同时可以减少代谢物的产生,集聚了食品的精华,堪称完美的营养食品。商联当局规定,除嗜好品之外,'超满足'就是全人类的标准食品。"

他能这么毫不留情地拒绝我的请求,表示"超满足"不能换,我看他那句会听我们的要求也只是嘴上说说。这人真是性格古怪，不讨人喜欢。

"好了，除了伙食的问题，大家最关心什么呢？我是个热心的人，你们问的问题我都会回答的。"

教官大人特地强调他很热心，仿佛只要说得斩钉截铁，这事就能变成真的似的。这个大骗子。

"你们拥有知情权，接下来我就给你们讲一讲新的训练项目吧。"他的语调前所未有的轻快。据他说，我们K321小分队接下来一段时间内的主要任务，就是作为训练范本，着重提高生存率。

和他浮夸的口吻相反，我看到的前景只是一片暗淡，我们只会惨败，就像之前我听说过的那样。

由于烧鸟的死亡率非常高，商联对此表示关切，并探讨了其原因。随后，商联在烧鸟的加工过程中引入了"记忆转移装置"。在这之后，他们发现，烧鸟的学习效率虽然得到了大幅度的提高，可知识的运用效率却极其低下。

为此，帕普金和一部分的商联军人开始质疑运用"记忆转移装置"使烧鸟进行学习的合理性。这就是一切的开端。嗯，看来这些人还是有点智商的，最起码知道反省。不过，这也是他们智商的巅峰时刻了。

"所以，诸位只接受了最低限度的记忆转移。其实按原定计划，你们是要尽可能避开一切记忆转移的。"教官故意叹了口气，"不过为了交流，还是要给你们转移必需的斯里兰卡语。我们开展这个新教育项目的目的，是重新评估古典教育方法的力量。"

所以你们这群疯子,就直接把教育方法拉回石器时代?

说什么既然圈养的鸡不中用,那就放养?我说句真心话,这简直就是脑子坏了!

如果有必要的话,我就算被人当成彻头彻尾的傻瓜也无所谓。我从一个亲历者的角度来看,帕普金的这个项目,肯定做不起来。

看我们的成绩就知道了。

十一战十一败。连续十一次通不过测试演习。成绩单上的F简直能堆成一座小山。再看看成绩单上那些"极差"的评语,我们只能苦笑。

尽管如此,这个项目的实施者还在一脸满足地说着:"诸位能够顺利完成PMT课程,真是可喜可贺。所以,厨房方面决定,破例给你们多留一段时间,推迟第十二次测试演习。我在这一段时间里会加强对你们的训练和教育,保证会给你们优厚的待遇和精心的教导。"在最后,他做了个有力的保证。

……可结果呢?

教官所保证的"优厚的待遇和精心的教导",只有一半是真的。前面那句多留一段时间、推迟第十二次测试演习也只有一半是真的。

这教官给我们K321小分队分配了四周的时间进行集中性的训练,提高熟练度。在这期间,没有安排演习,一直是教官在向我们灌输各种知识和技术。

比如这种。

有一天，教官让我们到演习场上练习击针式步枪和各种武器装备的使用方法，却没有指定训练的时间。等到我们累得连胳膊都抬不起来、上气不接下气的时候，他嘴上说让我们休息一会儿，却把我们叫到教室里面开始上课。

"我不知道诸位是不是爱看小说，是不是知道，要想仅凭破坏敌人的气密服来击杀敌人，那纯粹就是碰运气。所以，商联军喜欢使用小口径高速无壳弹药。这种弹药贯穿力强，且具有最低限度的破坏力。"

教官在那里滔滔不绝地讲着我听不懂的东西，我都快听睡着了。

或者这又是他惯用的伎俩？是我不明白"优厚"这个词在斯里兰卡语里的意思，还是这个人说话时喜欢真假掺杂？真是的……这教官，可太擅长玩文字游戏了。

想想上次他用言语激怒了我们整队人，自然也就能明白他这种伎俩。屈辱和愤怒这种东西，要是我自愿想要忍耐那尚且不论，但要受人胁迫，会让我感到极其不快。

我再也不想露出那样的丑态了。

为了避免这种事情再次发生，我必须做点什么。教官要是让我学习，我就学。什么我都肯学。

所以，就算是无聊到催眠的课程我也要拼命地学。

"在演习环境中你们可能并不会注意到，无壳弹药在连发时很容易造成枪管过热，所以在实战中，无壳弹药的标准装填量是六十发。当这六十发全部打完,装填弹药时要小心。"

最开始,教官说想要从战场上生还,这些都是必要知识。要是有哪个傻瓜现在不听,到时候吃亏了后果自负。我可不想当这种傻瓜。

因为之前教官说过,不许记笔记,要记到脑子里,所以我们只能拼命记忆。尽管听这些东西很累也很困,我也只能一边偷偷拧着自己的大腿,一边努力集中精力。

可能我们越是认真,这教官就越是想要找点事。有时候,他讲着讲着,就会把手里教学用的终端放到桌子上,开始讲一些乱七八糟的东西。每当这种时候,他总是会开玩笑般地说:"我们来放松一下吧!"然后开始讲一些不着边际的东西,比那些听不懂的课程更催眠。这招真是阴险。

"你们用的枪通称击针式步枪。在这里我解释一下,这枪的正式名称是TUFMCAW,打起来咔咔地响,跟鸡叫差不多,所以说这枪倒能称得上是你们的近亲。"教官笑嘻嘻地说。

这有什么好笑的?不过,这个名称大概是从英语之类的语言里来的。说真的,我虽然能听懂斯里兰卡语,但是有些没听过的词总是理解不了,真的是很不方便。

总之,上课的时候总是会发生这种事情。教官总是在我试图集中精力的时候出言打扰。这样反复几次,我脑子都快乱了。

本来这只是我的猜测……貌似有些关键的部分,他以为自己已经讲明白了,可是讲着讲着,他就会发现,其实我们根本听不懂他想说什么。于是,之后的教学中,突然增加了大量的"名词解释"。

就这样,我学到了大量的新词。

有用的东西不少。比如商联舰队里的通用表达,还有关于商联之外的外星国家的基本常识。没用的东西也有。像一些不明所以的"社交礼仪",怎么看都像是蛮族的怪异习俗。

明明是在搞填鸭式教育,可他还要在一些奇奇怪怪的东西上浪费时间,真是让人不爽。到最后,我们真真正正地好好生活、好好训练的时间就只有四周半。这怎么够呢?

我就这么被追着赶着完成了培训项目……让我感到意外的是,我的四个队友也没有被落下,就在十一连败、十一次连续倒数第一、得到一堆 F 的成绩之后。

不过,脑子有毛病才会在这件事上抱怨。不管再怎么傻,至少到现在,还没有那种站出来胡言乱语的傻子。

这当然是个好事。要是这几个人能一直这么正常就好了。不过我也不是头脑简单的人,不会在这种事情上抱有百分之百的希望。

不过说起来,我还是抱有一点点希望的……想想就知道,我们现在兴高采烈,沉浸在完成项目的喜悦中。我不知不觉间就忘了,眼下还有个大坑在等着我们。

那就是集中训练基本完成,在最后一天要干的事情。

"你们已经大致掌握了所有的技能,接下来就要在实战中巩固知识了。"教官用平淡的语气宣告了集中训练的结束,还对我们这段时间的辛苦表示慰问。

我们好不容易才完成这段时间的训练，教官看上去也像是很满意我们这段时间的表现……可是，他又补充了一句，这话音落下，就像是水落到了油锅里："啊，忘了一件事。对诸位来说，团结协作非常的重要。你们要好好合作。"说完，无名氏教官抬脚就走。

这个人肯定、绝对是故意的！他是故意在这四周半的时间里一句都不提的！

真是坏透了。他现在是什么表情呢？肯定是在偷笑吧！真是个不讨人喜欢的人。

训练最后一天出现的"团结协作"简直就是个诅咒。自从教官宣布了这事之后，我们几个人小心翼翼，说话都要避开"团结协作"这个词。

严格地说，瑞典人倒是提过几次，可是我和其他几个人坚决不考虑彼此合作。

不过，不管遇到什么事，总归要想个解决办法。

促使我和其他队友下定决心的，是训练结束之后的第十二次演习测试。我们小分队再一次败了，败得体无完肤。从结果上看，跟前十一次没有任何区别。

成绩还是一样的差。

生存率：E（差，生还希望非常低）
战果：F（极差，对其战意存疑）

战术贡献性：E（差，不能彻底明白任务目的）

个人战斗技能评价：E（差，等同于消极怠工）

综合评价：E（差，亟须改善）

  成绩从 F 提高到了 E。虽说有点进步，可还是输了。我们输了太多次，都习惯了。那种失败后的挫败感，再也不像第一次那么强烈了。就说我自己，在第十一次演习开始之前就已经放弃挣扎，觉得要输。

  但是这次……只有这次不一样。

  这次的演习跟以前的不一样。我有自信能赢的。我们演习前被无名氏教官训练过，无论是身体上、精神上还是技术方面，都得到了磨炼。

  在那样训练过后，还得了这么个结果！

  教官也跟我们提过，K321 小分队跟别的小分队的差距只在知识方面，身体素质方面并没有明显的差距。当然了，我们这位好教官说的话，我傻了才会全信。当时也就是他那么一说，我那么一听，并没有在心里留下多深的印象。

  不过，要是留心观察的话，就会发现一点不一样。

  胜利的那一方并没有多么游刃有余。就像无名氏说的那样，只要留心观察，就能轻易地发现问题。

  在演习结束后，我们失败的一方体力还有剩余，而胜利的一方却都上气不接下气。尽管如此，他们的生存率评价有 C，而我们才只得了个 E！

这不可能。他们连端枪的力气都没有，都能得到C以上的成绩，而我们呢？一次都没有赢过！总评价为F！

都是因为火星上重力小，其他小分队的人才能拿得起轻型击针式步枪。实际上，拿着真正的击针式步枪可不是一件轻松的事。不过，这些使用方法都必须形成肌肉记忆。我要是这么端着枪，在集中训练的时候早就被教官一脚踢过来了。

别看对手这么弱，我的演习成绩却不怎么样，一眼看过去，全是E和F。总算是从F进步到E了。这不就是现实吗？我总是在底层徘徊。

要是对手都是超人的话，那我也就没什么好说的了。可是，我现在很不甘心。"我怎么会输给这些人？"这种想法在我心里沸腾着，没夺口而出简直是个奇迹。我可能是靠着仅剩的一点自尊心挺过来的。

品尝失败的滋味并不好受。这滋味甚至比"超满足"还要令人难以忍受。凭什么让一群接受过知识转移的人这么轻而易举地践踏我的努力？这种不合理甚至堪称屈辱的事情，我没有办法轻易接受。

我一直、一直都在努力，即使努力被人践踏，我也不曾放弃过。不管发生什么，我都会继续努力下去。

为了赢，必须不择手段。

需求是发明之母。即使是虚假的友情，如果有必要，我也要生生地给它造出来。

在第十三次演习之前，我觉得我们队有必要进行一次针对性的配合训练。尽管我打心眼儿里不愿意，可是在理智的约束之下，虽然不情愿，我最终还是妥协了。

其他人貌似也是这么想的。我们七嘴八舌地吵了一通，最后还是达成了一致意见……虽然只是暂时性的。毕竟不管什么事，第一次做总归会感到不安，当然要慎重考虑。

我们 K321 小分队讨论了一番，一致认为，K321 小分队成员的身体素质远超其他人，但是还是输给了他们。

经过这么多次的演习，尽管我们的成绩还是在 F 和 E 之间徘徊，可是体力却成了我们的优势。所以，我们打算充分利用这个优势。

在第十三次演习时，我们 K321 小分队全员同意尝试兵分几路的战术。这战术并不复杂，甚至称得上非常简单。

话虽如此，我们还是颇花了一番心思。我们做出反省，认为迄今为止都是在被动挨打，这次我们要主动出击。演习的形式依然是追歼战。从前我们都是根据情况，要么选择逃跑，要么选择据守。而这次我们打算改变策略，主动出击。毕竟，我还心存一丝希望，觉得分头行动以后大家应该能表现得比之前好。

……虽然这有可能只是奢望，不过只是在演习中试验一下也还在容许范围之内。

就算知道这是自己在欺骗自己，我也毫无办法。

我们准备万全，商量妥当，在经过商联人粗糙改造而使人有种微妙的窒息感的演习场上散开。这时,我坚信我们能赢。

这次,我们肯定能赢。

我带着一定能进步的强烈信念,手里紧紧握着击针式步枪,在野外演习场上与队友分散开来。这场景太熟悉了,简直熟悉到令人生厌。不过,就算是令人生厌,那也是我的战斗经验。

"鸡崽子们,这里是厨房。距战斗开始还有五分钟。还可以再聊一会儿。"耳边传来标准的斯里兰卡语,我抬头细听,一字一句,都与我刚到火星的时候没有丝毫变化。

这是我第十三次带着电子裁判器进演习场,也是时候挣一个不一样的结果了。我看了下表,时间跟以前差不多。就连演习开始的时间我都熟悉到这种程度了。

"训练形式是追歼战。"

又是一句一成不变的话。

唯一的不同就是,现在我多少能推测出这话里的意思了。追歼战的流程本来应该是分散降落然后进行地上作战。虽说是车轮战,可意外的是,我们每次遭遇的敌人并不是很多。

我们 K321 小分队成员在单体作战能力上超过他人,所以现在这种状况对我们来说并不算是劣势。

"还有,本次的演习可以更换弹药。请注意,本次的演习以歼灭战为前提。祝各位烧鸟好运。距开始还有三十秒。厨房。OVER。"

啧。反正他们不会给我们提供一个理想的环境。这次说允许弹药更换，应该是可以从敌人的尸体上搜刮弹药，电子裁判器可以把这些弹药追加到我方的弹药余量中。

只要会简单的算术，就能懂这是什么意思。计算分数时，不是按照原本的六十发子弹和子弹带中的三百发所能取得的最好成绩来算，而是要算上附加的弹药。

而且，这么一来，我们也很难把敌人的弹药耗光，从而让他们无法攻击我们。怎么办呢？我迅速扫过全体队员的表情。

"听到了吧？我们就按照原计划进行围捕吧！"英国人自信满满地下了决断。我可不能怕她。要是给她看到我的软肋，那还不如自我了断来得痛快。

我随口附和一句。

要是想在生存率、战果、战术贡献性和个人战斗技能评价四个方面都取得及格的成绩，就必须活下来，并拿出战果。助攻也可以被认定为战术贡献，助攻时的战斗技能表现也算在最终成绩之内。考虑到这些，那这么办是最好的方法。

"我和泰隆担任斥候和诱饵，你充当猎人。那谁来指挥呢？"

"紫涵来怎么样？她行事谨慎，很靠得住。"泰隆提议。

我同意泰隆的意见。这么安排的话，生存率和战术贡献性提高的可能性最高。我用余光瞥见英国人的表情抽动了一下。我内心暗爽。有一说一，在中国人、英国人和瑞典人这三个不讨人喜欢的人中间，中国人是最好的选择。

我正想说"就这么决定了",旁边突然响起了讨厌的击掌声,打断了我。

"埃尔兰多,怎么?"

"我觉得阿玛利亚当指挥也不错。"

这提议真是让人头疼。瑞典人怎么回事?为什么会说这种惹人生气的话?

"充当诱饵的可是我和泰隆,虽然不知道在背后掩护我们的是谁,但我们有权利选择一个行事谨慎的人来做指挥,不是吗?"

"明说的也有道理。只是这次的规则有变,我们不希望在跟其他队的人拼杀时把弹药用光了。我们应该积极地进攻,毕竟战意也是评价标准之一。"

所以你就推举这个具备非常高积极性的浑蛋英国人当指挥吗?真是林子大了什么鸟都有,你这种一本正经说笑话的人还真多。

叫人头疼的是,英国人简直太多嘴了。趁着这时候,她又来横插了一脚:"好了,就这么决定了!我来当指挥。"

到底是什么时候决定的?谁决定的?简直难以置信。就在我考虑要不要对她送上一番"逆耳忠言"的时候,旁边的人开口了:"……那个,我不是有意冒犯,可这不是我们该考虑的问题啊。我说得对不对,明?"

我吃了一惊,不禁仔细端详他的表情,想看一看他说这话是不是认真的。可他却轻拍了一下我的肩,说让我忍一忍:

"你要是开口的话场面就不好收拾了。"

"别说得我好像跟个问题儿童似的。"

"对不住对不住,总之,时间不多了,还是快点决定吧。既然埃尔兰多提出了意见,那紫涵你看怎么办?"

"我无所谓。反正我都是要执行防守任务的。"可能是把中国人轻描淡写的回答当成了她对自己的信赖,英国人摆足了架子,十足的高傲。我则略有不服,低下了头。

"那就这么决定了。"

"……OK,就这么着吧。我不会再说什么了。"

英国人和我说出了同样的话,不同的是,前者意气风发,而我则不情不愿。说实在的,这英国人哪,不仅自信心过剩,攻击性还非常强。

要是最后战果评价能得 A 还好,不过我担心最后还是会轻易地全军覆没。

我还是试着向不知道是不是真的存在的神祈祷这次的演习能顺利完成吧。

然后……我就看到了奇异的景象。神,可能真的存在吧。

我承认我之前可能轻视了信仰之心。就在这种不靠谱的部署之下,我执行任务竟然很顺利,简直让人不敢相信。

事态顺利得仿佛之前的惨痛经历都是错觉。

阿门。哈里路亚。南无阿弥陀佛。

不知道是因为神佛的加持还是我运气好,这次的演习从一开始就在往好的方向发展。

"找到了，就在那里。"

跟那些初来乍到的新品不同，我们可是在这里连续输过好多次的。对演习场的了解也比他们多得多。

同样，我们也充分掌握了知识点，知道藏到哪里不容易被发现，只要看一眼就能发现人藏在哪里，简单得很。在索敌阶段，我轻松地发现了猎物的踪迹。

"啧，他们选了一处射线不容易穿透的地方。泰隆，能打得中吗？"

"我早就习惯火星的重力了，也早就用惯了击针式步枪。至于长距离射击……"泰隆这么说着，架起了枪。一息之后，破膛而出。泰隆吐了口气，接着说道："如你所见。"

话是矫揉造作，可他的实力不容小觑。

尽管距离很长，遮蔽物又很多，裁判器还是判定我们击中了。演习用的电子裁判器通过判断射线是否穿透目标来记录我们的战果。泰隆打出去的这一枪精准地贯穿了对方的一个人。

这次佯攻很完美，应该能在战术贡献性、战果和个人战斗技能评价方面加分。我有点羡慕，于是不甘落后地采取了行动。

"好样的，到底没白说。好，该换狙击位置了。"

当诱饵不能只待在一个位置上，要时时移动，激起对方的追捕欲望。在泰隆狙击对方的时候，偶尔我也会进行牵制射击。尽管裁判器一个命中都没判给我，我也没必要非去击中敌人。最重要的是，要在敌方反击的时候迅速移动，这也算战术贡献。

把敌人耍得团团转，看他们定位错误，向着错误的方向射击，再绕到背后袭击他们，真是太痛快了。我从来没这么痛快过。

之前我一直都是被别人玩弄的一方。这次形势发生了逆转，我摇身一变，成了狩猎的一方，这感觉真好。我都有点享受这种感觉了。

这么玩玩也不错。不过……到收网的时候了。我向泰隆确认了一下，就开始做收网准备。我拿出了无线设备。以前我们只拿它来对骂，现在却要用它来辅助共同作战。

"阿玛利亚，听得见吗？已将目标引至既定地点。准备如何了？"

我们已经成功地将目标引诱到了演习场的一角，那里非常适合伏击。我自觉干得很漂亮。

"没问题。随时可以行动。"

"了解。"

我本来对猎人有点担心，不过现在看来也还说得过去。虽然这人不值得信赖，但现在也只能相信她了。完事了。我和泰隆的任务告一段落，开始扫尾。我俩向敌人疯狂扫射一通，在遭到反击的时候匍匐着撤退了。

"怎么样，伙计，他们跟过来了吗？"

"那是！他们上钩了。"泰隆快活地笑了。这下，演习就变成了单纯的捉迷藏。狂怒的对手即将来抓捕他的猎物。

我和泰隆对这片演习场非常熟悉，在体力上也远胜于这些敌人，应该不会被他们追上。

我只担心会甩不掉他们。不过，这个担忧也被以一种令人高兴不起来的方式打消了。

"嗯？奇怪。从刚才开始就有点不对劲。"

"怎么了，泰隆？"

"可能你不大想听，不过我还是察觉到了一点不对。你看，他们虽然一直都在沿着难以被狙击到的路线前进，可是从来没有停下来辨认过方位。"

他这么一说，我突然就感觉到不对了。为了转移，我们走得很快。

我们刚才一直急于将追踪者引入既定地点，就忽略了这一点。不过，他们竟然还有选择路线的工夫，这真是太不正常了。

我虽然还不至于气喘吁吁，可这路程对我来说也并不轻松。更何况这些体力可能不如我的追踪者，他们竟然能在极短的时间内同时进行搜捕和路线选择，还能紧跟住我和泰隆，真是太奇怪了。这事透着可疑，倒不如说几乎是不可能的。

"这些没什么体力的家伙，怎么就莫名其妙地能做到同时进行警戒和索敌，还能这么快就追上我们？太奇怪了。"

"你也觉得这里头有事？"

我点点头，算是回答了泰隆。这是肯定的。

"就算有可能猜错，我也不会去赌。这里头十有八九有诈。

他们很可能从一开始就知道最优解!"

难道他们跟我一样,已经在火星上参加过两位数的评价测试了吗?不,不可能。虽然很不想承认,但是除了K321小分队,其他人全都是新来的。我至今还记得,自己刚刚被放到火星的环境中时,甚至都难以呼吸。

……第一次参加演习的人就能做出教科书一般的应对,而且在演习场上还一副成竹在胸的样子,这肯定有哪里不对。

事实上,不是自己亲自掌握的知识很难运用自如。还记得在通过记忆转移装置学会斯里兰卡语之后,我费了好大一番力气才意识到自己已经掌握了这门语言。不过,他们做出这番表现,该说是圈套还是什么呢?我觉得他们是作弊了。

……弄不好,人会觉得被转移进大脑里的知识是自己一开始就掌握了的。最开始的时候,我本来是想说日语的,可是不自觉地就说出了斯里兰卡语。

也就是说,从敌人这令人惊讶的良好表现来逆推的话,是不是可以认为,他们从一开始大脑里就被转移进了演习场的地形信息呢?

如果我猜得没错,虽然很不愿意承认,但我们的一大优势就这么消失了。

"我们辛辛苦苦积累下来的经验,现在看起来毫无价值。"看来泰隆也立即想到了这一点。他吐出这句饱含苦涩的话,又重新端起了击针式步枪。"这不公平。明,这也太不公平了。"

"啊,确实是很不公平。我觉得这些人的大脑里不只被转移了战术和武器的使用方法,还有火星演习场的相关知识。"

这些知识我们都是千辛万苦学来的,可他们却能只凭借一次记忆转移就全部掌握。之前那些把我们打得落花流水的人肯定也是这样。人家拥有全部的知识,而我开局只有斯里兰卡语,怪不得会得那么多 F。

"这不公平"不是泰隆不走心的口头禅,是真的太不公平了。

我们原本的计划是我和泰隆佯攻,剩下的三个人包抄,可这计划是建立在敌人不熟悉战场的前提之上的。事情不妙了。

这下,我们围捕成功的希望越来越渺茫。

"啧,情势不妙啊。怎么办?现在联系猎人们,改变计划吗?不过,我可不想再跟那个讨厌的英国人周旋了。"

"我也是。明,我也没兴趣在这种关键时刻跟那个英国人商量计划。"

还是按原定计划执行的好。我俩都是这个意思。这时泰隆耸了耸肩,问道:"不过,我们该怎么办呢?我们俩来效仿前人,据守阿拉莫教堂吗?"

"阿拉莫是什么?"

"啊,真是的。都是因为现在我们可以直接沟通了,我老是会觉得自己的话你们都能听懂。阿拉莫是我们国家的一个传说,讲的是英雄的故事。"

这我上哪里知道去?要是商联把每个词的意思都转移到

我脑子里，那我们的对话就能顺利进行了。不过……唉，我苦笑。

只要能明白这些词的意思，我现在也不至于感到这么不方便。能不能听明白别人的话才是最重要的。

"没时间了，直接讲结果吧。你们那英雄赢了吗？"

"额……挺难的。"

"什么？"我问得这么直接，就是想要他简单地回答是或者不是。他这回答真是让我猝不及防。

"那最后到底怎么样了？"

"给你讲讲也不是不行，不过还是先办正事吧。我不想漏看敌人的行动。"泰隆苦笑一声，举起望远镜开始观察敌情，故事被暂时搁置了。道理我都懂，不过一开始挑起话头的不是他泰隆吗？

我不情不愿，觉得他真是个任性的人。不过我还是放下了手中的击针式步枪，也重新拿起了望远镜。

拿着侦察望远镜草草扫过几眼，就能发现敌人并没有实质性的行动。我跟泰隆完美地牵制住了敌人，猎人的队伍正在悄悄接近，只等着把敌人困在最适合击杀的位置上。

嗯？

……把敌人困住？

这又让我想起了一些不好的事情。我总感觉那些猎物有点奇怪。虽然这只是我的直觉，但我从不会轻视直觉的作用。

我绷紧神经，又举起了望远镜。

敌人确实还在那里。他们隐蔽起来了,尽管我不能断定他们的确切位置,但也能察觉到他们在躲避射击时搞出来的动静。毕竟泰隆已经干掉一个了,他们肯定要警惕泰隆的狙击。

不过,之前这些人移动得都很快,现在却一直不动弹,以至于我跟泰隆都有说废话的工夫了,这实在是不对劲。我们原本计划在敌人手忙脚乱、视野狭窄的当口让充当猎人的队友从侧方偷袭他们……现在怎么办呢?

"喂,泰隆,他们有要移动的意思吗?"

"谁?"

"追我们的人啊。他们还是不动吗?还是说他们打算侧方偷袭我们?"

交战时,有时候也会有被自己引诱来的猎物从侧面袭击,夺走主动权的情况。我们现在执行的是吸引敌人注意的作战计划,在这种情形下,如果我们被错误的方位吸引了注意,那被猎物从后方袭击也不是不可能。

虽然我不愿见到这种要命的事情,但是……讲道理,这事的确有可能发生。

"要是那边在交战的话,我们肯定能听到声音。现在有点过于安静了吧。我看看。"泰隆说着,又举起了望远镜。在这期间,我一直警惕着周围。

"呃……"泰隆身体僵硬,发出了令人不快的声音。我顿感事情不妙。

"怎么了,泰隆?"

"不是吧！？他们竟然在埋伏我们！"

"真的吗！？"

遮蔽物太多了。我虽然希望这能遮挡住敌人的视野，不过现在看来，敌人待的地方虽说是废墟，但射界却很宽阔。

仔细想想，这地形实在是太适合"从侧翼偷袭"了，也太适合设伏了。

要是他们在这种地方设伏，打算把我们一网打尽……

糟了。

直觉之下，我和泰隆不约而同地拿起了对讲机，朝着那边大吼。

"阿玛利亚，退后！"

"那是个陷阱！"

可恨这英国人反应迟钝，丝毫没有察觉到危险。她像往常一样冷哼一声，找碴儿一样反问我们："哈？你们说这种话有证据吗？"

用对讲机跟人交涉真是太让人焦急了。

"行了，什么都别管，你先退后！"

"我都走到这儿了，你们跟我说退后？还不如再往前走走，拿废墟做掩体更安全！"

真是的，这人根本就听不懂我在讲什么！我焦急地强调着形势不对，可是并没有什么用处。他们三个人还是向着猎物出发了。在攻守形势逆转的瞬间，他们三个变成了敌人的猎物。只有中国人还能坚持一下，可在这种被动挨打的情势之下也无力回天。

我们还来不及警告一声，他们三个就全被干掉了。这生存率，已经低到极限了。F，肯定又是个F。不用去听判定结果，这简直一目了然。我早就说过，怎么能让那个骄傲自大的英国人来指挥呢？没人听我的忠告，所有人的心里都只想着合作，这压根就行不通。

"啊！顶不住了，我们跑吧，明！"

"只有趁着混战才能撤出去了吗？"

这跟以前根本就没有区别。幸运女神也是混账，从来不眷顾我们。可恨的是，我们不清楚究竟能不能在演习结束之前逃脱，这都是因为那个可以更换弹药的规则。要是对方的弹药快用完了，那还是有转圜的余地的。

不，不对。我摇头。

我对英国人期待得太过了。这是我的错。我不该对自己以外的人抱有期待。胜利只能靠自己的双手来获得，我当然要抗争到底。现在还不是放弃的时候。谁想一次又一次地被人玩弄呢？

我要拼尽全力，一直努力到最后。

……最后，我的努力还是在人数的差距之下被暴力终结了。

我们没有成功逃脱，最终成了敌人的猎物。当然，我们的成绩也是垫底的。

生存率：E（很差，生还希望极低）

战果：E（很差，缺乏战意）

战术贡献性：E（很差，任务理解不透彻）

个人战斗技能评价：E（很差，近乎消极怠工）

综合评价：E（很差，需要尽快改善）

付出那么多努力，也只得到全 E 的成绩。

演习最开始的时候，三个队友被敌人干掉，剩下我俩被追得满场乱逃，结果只得了个"非常差"的评价。得到这么差的成绩也是理所当然，我对评判标准并没有什么不满。

不过，我还是觉得窝火。

我站在演习场上，拳头紧握，牙关紧咬。瑞典人将手放在我的肩膀上，对我说了句什么。可是我分不出多余的心力来应付他。我要是不对英国人说点什么，这怒火就无法平息。

"你傻吗？那种圈套你也往里钻！"

"你才傻！明明是你们提醒得太晚了！"

话都说到这份上了，她还是这副态度。我不禁狠狠瞪了她一眼。我到现在还是搞不懂帕普金怎么会把我跟这种人分在一队，越想就越觉得该狠狠地给她脸上来一拳。

"明明是你不听劝，你还有脸说。"

"听您这意思，我得把您的每个玩笑话都当真，立刻执行咯？"英国人勃然大怒，也恶狠狠地回瞪我。这个人永远不会承认自己的错误。

啪的一声,有人以非同寻常的力道拍了一下手。我从愤怒之中回过神,皱眉看向声音传来的方向,不禁吃了一惊。

"你们俩,闭嘴。"瑞典人站在那里,表情是少见的严肃。他脸上渐渐显出愤怒之色,握紧的拳头也开始颤抖。这下要麻烦了。

要是他真的要打人的话,我是先他一步挥拳打过去的好呢?还是任他打的好呢?真是难办。

"你们到底想干什么?知不知道什么叫合作?"

这话让人感到害怕。

把后背交给不值得信赖的人?瑞典人的想法还是太过天真。

"……明和阿玛利亚个性都太强了。你们得客观一点。紫涵,你是个冷静的人,怎么样,你同意我的看法吗?"

"你说得对。"中国人轻轻摇头,叹了口气继续说道,"你们双方各退一步吧。还有,说话也要讲究方式啊。"说完她就紧盯着这边不放。

真是难搞。又来了,他们俩的"中瑞联盟"又搞起来了。这些人,总是在奇奇怪怪的地方联合在一起。

你们总这么叽叽喳喳的,真烦人。

"OK,总之,我们就把彼此当作家人,互相迁就一下吧。我们就这样被绑在一起,也不知道是幸运还是不幸。"

无论是讲话的人还是这话的内容,都叫人感到意外……不,其实也不能这么说。

泰隆这个人，现在应该还跟地球上的兄弟和其他亲属保持着联系。从这个角度来讲，他能说出那种"家人"的玩笑话很正常。

"泰隆，你说的'我们'指的是我们所有人吗？"

泰隆听后一脸茫然，说："当然了。"我理解不了，皱了皱眉。这是我唯一能好好沟通的队友，可惜我们之间有文化隔阂。

"我是我，别人是别人。泰隆，你要明白这一点。"

我丝毫没有要干涉泰隆自由的意思。不过，他最好也别把我牵扯进来。照他的话来说这就是公平。

"明，我不太能理解你这种态度。之前我也问过紫涵，她说你们亚洲人跟人交往时都讲究距离感，不过我看你这也不像啊。"

"埃尔兰多，紫涵是中国人。"

"是，我是中国人，怎么了？"中国人不明所以。听着她的话，我打心眼里不耐烦。我握紧拳头，极力压抑，不过还是吼了出来："是，你是新兴发达国家出身的大小姐！我是日本人！"

没落的旧发达国家，和前途璀璨的新兴发达国家。

"你们这种生活在前途光明的世界里的人，怎么可能懂！"

"OK，那没落国家的人都跟明一起。阿玛利亚，你也去他那边吧。"

"要我跟那种在波士顿湾倾倒茶叶的殖民地野人一起？不好意思，我可不想跟这种人喝同一壶茶。"

"你看看你说的，知道茶对烧鸟有多重要吗？可恶的帝国主义者！"

泰隆跟英国人吵起来了。反正他们说的都是英语文化圈的人才能听懂的东西，那就这么吵下去吧。要是他俩这样，那跟着我也没什么。这种无害的废话，说多少我都不嫌烦。

要命的是瑞典人。在我看来这种人才有害，我简直一步都不想让他靠近。

"我懂你的愤怒。不过，请停止你拙劣的掩饰，说明距离感的问题。"

真是个执拗的怪人。

"没想到你对我的过去这么感兴趣，我很荣幸。不过，我的脑子没问题，才不会在这里跟你长篇大论地谈论自己的过去。"

我极具讽刺意味地瞪了瑞典人一眼，可他丝毫不惧，当即回瞪了过来。

"你觉得自己是一匹独狼吗？就算是这样，你总得有些人生经历吧？"

"你怎么那么热衷探究别人的过去？谁给你的权利？快别这么干了。"

正说着，他拍了拍手，啪的一声，又说道："争吵就到此为止吧。我们失败的原因有很多，最致命的一条就是'合作不默契'。我想咱们队里没人傻到想不明白这一点。"说着，他把探询的视线投向大家，谁都无法说出否认的话来。

"你才傻吧。懂不懂什么叫距离感？会不会看人脸色？"

"分析失败的原因还是有必要的。老是得 F 和 E，我早就受够了。明，你也是吧？"

这事不用说我也明白。

不过，明明是瑞典人先挑起的话头，怎么就教训起我来了？真是个不知羞耻的伪善者，也不知道他脑袋里塞的都是些什么垃圾。

我忍不了了，正要挥拳打他的时候，一只手按在了我的肩膀上。原来中国人不知道什么时候站到了我的身边。

这人身上传来阵阵气味……不是汗味，应该是香水的甜香味，跟她那讨人厌的性格完全不搭。她凑到我耳朵边上，近得几乎都要把这讨厌的体味沾染到我身上。她说："你是不是不想再尝到被人背叛的滋味了？"

"你说什么？"

"……你是不是遭人背叛，遍体鳞伤？"

我强装镇定，语调波澜不惊。这个半吊子，怎么可能察觉得到……

"我说中了吗？如果是这样……不，正是因为这样，你才会来这儿吧。"说完，中国人露出一个莫测的笑容，迅速与我拉开了距离，"埃尔兰多。"

"嗯？怎么了紫涵？"

"你应该找回平时的谨慎，尤其是在揭别人旧伤疤的时候。"

这中国人怎么会知道！？她甚至都不知道我的经历，到底为什么能察觉出我的想法？

"看来我们都有点热血上头，那就先冷静一下再说吧。"瑞典人丢下这句话，拿着自己的装备就走了。希望他能很快忘了这事。

"那我们也回去吧。我能理解你的心情，明。不过你也不要太在意了，振作起来！"泰隆说。

"你说得可不对，殖民地来的家伙。我倒觉得他还是在意一点比较好。"英国人乐此不疲地跟泰隆抬杠，真是拿她没办法。

不过，泰隆，你虽然说不必在意，可是我做不到啊。你不理解这种感觉。

我顶多只能装作自己已经忘了这些往事，早早地上床睡觉。

我草草地把"超满足"塞进胃里，想着去喝杯茶冲淡糟糕的心情，也为了躲一躲瑞典人，开始少有的在房间外闲逛。

幸好厨房内部有不少人烟稀少的区域。我找了个能安静品茶的地方坐下来。喝了一杯之后，还是看到了不想看见的人，我顿时感觉嘴里的茶都发涩了。

真倒霉，这瑞典人怎么能找到这里来？简直不可能。难道他真的还想继续之前的倒霉话题吗？

"明，我们接着聊之前的话题吧。"

"埃尔兰多，我没什么要跟你说的。"

瑞典人叹了口气，坐到了我身边，说："那我就随便说点了。"

他态度坚决，盯着我的脸，继续说道："不能再这么下去了。明，你心里也明白的吧。"

"你要是想发展友情，就去找别人吧。"

他无视了我的拒绝，连看都不看我一眼，径自滔滔不绝："我一直都在思考，这个新型教育项目的目的到底是什么？"

我并不是没想过这个问题，不过，他的脑子里只思考过这么一个问题吗？

"我觉得咱们队的人或多或少都有点与众不同的地方。你就特别明显，泰隆和阿玛利亚也是。实际上，我和紫涵也不例外。"

虽然这话也不是全无道理，不过，我还是觉得他傻透了。最怪的难道不是那中国人吗？

"我们都是具有反抗精神的人。大概帕普金是故意这么选人的吧。无名氏约翰想要击垮我们的精神，可能也跟这个有关系。"

这人竟然还这么认真地思考了教官的目的？

我少有的迷茫了，不知道是该惊讶于这个男人奇怪的性格，还是该佩服他敏锐的洞察力。

"我不是有意揭开你的旧伤疤，请你相信我。而且，"

他继续说道,"我选择成为一名烧鸟也是有原因的……虽然可能跟你的原因不一样,但在追求进步这一点上,我们的想法是一致的。我没办法忍受像条丧家之犬一样一直输下去的感觉。"

"我想要赢。你不要拖我后腿。"

"那可不行。"瑞典人当即反对我的说法,接着,他又用劝解般的口吻说道,"为了赢,为了通过测试,我们必须凝聚全体队员的力量。就算是互相利用也无妨。我不去说什么要从心底里信赖队友的话,只要我们有着共同的利益,能够把合作关系维持下去就可以了。"

"然后呢?再任由你独吞所有的好处吗?"我冷哼一声,简直想要笑出声来。合作、信赖、共同利益,说得简单,可是这世上有的是想要白拿好处的废物,翻开历史课本,看看商联人刚到地球那段时间的历史就知道了。责任转嫁、互相欺骗……目之所及全是背叛。我身边的人也是如此。既然这样,K321 的人又怎么能保证他们是不一样的呢?

"不管你心里怎么想,现在我们是在演习,有明确的规则。我说话不好听,可这只是一场不会死人的游戏。我们在这样的演习中如果得不到长进,未来的道路肯定不会光明。你难道就没想过吗?"

我在心里大大叹息一声。我才不想死。我想要活下去。只有活下去,我才能站得高高的,嘲笑那些曾经看不起我、判定我具有反社会人格的浑蛋们。

正因如此，我才不想被人拖后腿。仅此而已！

"烧鸟的死亡率极高。通过记忆转移装置掌握了所有知识的人也一样。就算是死，我也要先抗争一把。我想在这个世界上留下自己活过的痕迹。可是如果再这么下去的话，一切都是空谈！"

妈的，我也知道这么下去不行。那你倒是说该怎么办呢？

我们为什么总是输？

这种问题我是随时都能考虑的吗？

"……埃尔兰多，你给我一晚上的时间，让我考虑考虑。"

"好的，谢谢你，明。"他伸出手，像是要跟我握手，我假装没有发觉。我早早地回到了床上，打算先考虑一晚，再决定要不要跟他握手。

我能找到许多讨厌他们的理由。

不过，这也只是"讨厌"罢了。要是认真考虑利害关系，该做怎样的选择显而易见。一番纠结之后，我终于下定了决心。其中，瑞典人那句"这终归还不过是演习"可能起了决定性作用。

我本就不是一个任性的人，最终，秉持着合作精神，我同意了他的提议。我会试着跟这些惹人厌恶的家伙携起手来，发展一段塑料友情。

于是，我开始了跟他人合作。你们以为这合作关系会进展得很不顺利吗？并不是。我们的合作关系进展得非常顺利，再也没有比这更顺利的了！

我们满怀信心，奔赴第十四次演习的战场。

我没有指责英国人犯下的错误，在危急关头保护了她，也期待着她能这么对我。要是英国人敷衍了事的话，那事情就另当别论了。不过，我们的塑料友情在这里发挥了作用，英国人竟然当真毫不掺水，救了我好几次。没办法，我也只能拼尽全力地去掩护她。我虽然不是中国人，但欠别人的情也会还。

瑞典人和中国人也在跟我配合，不过，我还是觉得跟泰隆合作比较愉快，这可能是习惯的问题吧。从整体上讲，K321小分队发挥出了不逊于其他队的合作水平。先不谈成绩，我们整队人在这场追歼战中都存活到了最后关头。

我确确实实地抓住了胜利的尾巴。

不过，第十四次演习我们还是输了。

又是场景重现。

全军覆没，不合格。

虽然最后分差很小，不过我们还是最后一名。

最终综合评价为D。我尽了最大的努力。生存率是我们一向的短板，在这次演习中都得到了D。个人战技评价达到了C。虽然这次的演习我感到前所未有的得心应手，可惜还是没能赢。

我的战术贡献得了个C，只有战果得了E。这次所有人都尽了全力，拧成一股绳，努力去战斗，可是，还是得到了失败的结果。

这很不对劲。

我放下击针式步枪，说道："这么下去我们赢不了的。"

"明，你说的这是什么话。你可不是那种轻言放弃的人哪，打起精神来！"泰隆这是在接连的失败和不合格的成绩双重打击之下脑子坏掉了吗？竟然说出这种搞不清状况的话。

"不是，泰隆，你傻吗？在这种规则之下，不论是你、是我，还是任何人，都不可能赢得了其他小分队。"瑞典人说。

"……现在的规则怎么了？等等，你觉得在现在这种演习形式下我们赢不了吗？"

"阿玛利亚？这次到底……"

我还没说完，她就接着说了下去："我们这次明明下了大功夫的。怎么，埃尔兰多，"她问瑞典人，"你不会说我们这次没有努力合作的，对吧？"

"我没想这么说。我认为大家都尽了最大的努力，配合得也很好。我可以肯定地说，大家都做到了最好。"

实际上，我们的战术贡献性成绩为C，虽然这个成绩不是很好，可至少电子裁判器也认定我们已经做到了该做的一切。于是，我一边点头表示对瑞典人的认同，一边说道："我补充一点。我们可以说是火星上资格最老的小分队，要是有人比我们更加了解这里的演习场，那才奇怪。"

除了厨房的工作人员，我们是在火星上停留时间最长的人。但是我们却赢不了新人。

尽管我们在体魄与体力上有压倒性的优势，可不论个人战技评价,还是生存率和战果,都没有进步。

"说白了,在这种条件下,我们不可能一次都赢不了。K321总是得最后一名,永远也赢不了别人,到底是为什么?我们为什么总是达不到要求?"

英国人重重地点了点头,说道:"记忆转移不会增强肺活量和力量。要单论耐力和体力的话,我们遥遥领先。"

瑞典人接上话头:"可是我们赢不了。为什么呢?"

泰隆摇摇头,表示想不明白,又低低地嘟囔了一句:"真惨。唉,我们真的好惨。"

气氛一时沉默。就在这时,刚才一直拎着击针式步枪,一副无聊模样的中国人开口了:"对,我们以前真是惨啊。"

她特意强调了"以前"这个字眼,看着我们的眼睛,继续说道:"标准程序下的记忆转移是什么?"

中国人这话说得突兀,我有点恼怒。这人怎么突然提起这个?无名氏约翰不是已经详细地解释过了吗?难道她全都忘了?

"喂,紫涵,你忘了吗?教官讲课虽然叫人很想睡觉,但是他是详细地讲过这个的。"泰隆略带不满,抱怨道。我点头认同。

可是中国人却面带一丝苦笑,歪了歪头:"是,他说过,就是转移'标准内容'。那'标准内容'又是什么内容呢?这个是不是值得讨论呢?"

这人在说什么?

"谁知道呢？我们真要先讨论这种没头没脑的问题吗？紫涵，这不合适吧。"

"不是的，明。"说着，中国人伸手指向了房间里配备的终端，意味深长地笑了笑："教育 AI 马格努斯那里存储着商联的'产品名录'，里面有'掌握行星轨道空降步兵标准技能'这种类似于品质保证的说法。"她的语气并没有得意扬扬，而是透着一股理所当然，让人不爽。不过，我从中国人这番话里听出了更深的意味。

"标准技能？那是什么？不是知识转移吗？这跟我们了解的不一样啊。"

"实际上应该是一样的。掌握标准技能，只能是达到商联军方所有要求的水平。可是，从马格努斯给出的数据来看，并不能这么说。"

"你的意思是，肯定有一部分是假的？"有话就直说嘛。我稍稍加重了语气。想要绕圈子把我绕进去，没门儿。

"应该不是假话。不过，有一半应该都是他们的话术。这不过是政府的惯用伎俩。"中国人轻描淡写的话，意外地让我发现了她的另一面。我之前只觉得她是一个不能被轻易忽略的人，没想到她对官僚的作风也这么了解。我总是对她喜欢不起来，总是觉得她心眼太多了，可又不知道为什么。这下我可算是找到一点原因了。

大概是因为她的出身。

不过，现在我要把自己对她的反感之情压下去，仔细听她讲话。

"这事从一开始就透着诡异。训练两三天就能通过测试演习,这怎么可能。"

倒也有点道理。我以前也备考过,很能体会这种感觉。凡事都需要积累,临阵磨枪怎么能行?不过,商联的学习方法提供了另一种可能性。

"只要进行记忆转移就行了。他们不是往大脑里转移了很多知识吗?"

"当然,我不否认这种可能性。但是,你有没有想过,那样的话测试演习会是什么样的?会变成简单的'动作测试',检测我们是否能在预设的环境中发挥出特定的能力,仅此而已。"中国人语气平静。

"简单的测试?紫涵,那你说我们之前怎么一次也没赢过呢?"

"嗯,泰隆,你问到重点了。商联军方的要求实际上非常高,亲自去挑战一下才能体会到。大家都明白的吧。"

我很惊讶。不过……她跟那些空想家不一样,说得好像有点道理。

"也可以理解为,通过这个测试就是合格烧鸟的品质证明。不过,我们不是参加了那个什么新型教育项目吗?不是说那些烧鸟到了真正的战场上都无法使用吗?这是怎么回事?"瑞典人沉思,迟疑地说出这些话,梳理着当前的线索。

"等等,话虽这么说,可是其他小分队也可以通过知识来补足技能的缺陷啊?"英国人疑惑地嘟囔着。突然,她像是想到了什么,恍然大悟地拍了一下手。

"这在逻辑上说不通啊。就算是母语者,要想通过语言测试,也得进行训练。单单进行记忆转移不可能达到很好的效果。"

相比英国人不明所以的嘟嘟囔囔,中国人的话就很简洁了:"从逻辑上来看,很明显,我们是在跟天才和作弊者竞争。"

"什么意思?紫涵你说说看。"

"很简单。明,我们一边揣摩标准答案一边答题,努努力能拿到80分,也就是A的水平。可是,"中国人说到这里,颇感惊奇地笑了一下,"可是,对手总是能写出标准答案。不管我们多么聪明,多么天才,在这种规则之下都不可能赢。"说完,她又开始笑了。

我总结了一下她想表达的意思:"我们不知道对方的实力怎么样,不过在测试上,他们是近乎无敌的。"

这种规则让我们永远也赢不了。

要是对手全考100分,那我们就算考到99分,在排位中也是最后一名,拿到F和E都是理所当然的。我们永远也及不了格。

"真是残酷的现实。那我们还要继续这种无用的努力吗?"

哈,我不知道瑞典人的秉性如何,可我对当个受虐狂没有兴趣。

"当然不，不对……或许要吧。"

"什么意思，明？"

"我们要去质疑规则。这么干肯定能通过测试。"

我们的训练日程不知道是无名氏约翰还是厨房的什么人制定的，总是一成不变。我们都不用考虑什么时间该干什么，只要严格遵守日程表的时间，定时穿上装备开始训练就可以了。

这样的日子可能会一直持续到火星毁灭的那一天。

"好了，鸡崽子们，昨天的测试演习你们得了D。非常遗憾，还是不合格。你们的努力还是白费了。我不是吝于慰劳你们，只是你们要学会接受现实。"

教官又开始了战败后的例行批评，我们都要听腻了。

等说完这一通套话，教官还会照例命令我们前往演习场。他真的很享受这套流程。要是能打搅他的兴致，我会非常高兴。我带着跃跃欲试的笑，打断了他枯燥的讲话："我想讨论一下变更规则的事。"

"……你想讨论什么？"

教官的讲话被我打断了，显然他的计划表里没有这一流程。于是，他迷惑又生气地瞪着我。要是我内心也变成他口中的"鸡崽子"那个德行，这会儿肯定已经被这一瞪吓得全身发抖了。不过我并不害怕，径自提出了自己的诉求。

现有的规则太不合理了，有必要进行变更。

其他队友也对我的话进行了补充，为K321小分队的建议添砖加瓦。

……说真的,我并不能完全肯定这时候不会被人从背后捅上一刀,不过现在已经顺利度过第一个阶段。接下来只需要安心等待第二个阶段的到来。

我想象着无名氏约翰会做出什么样的反应,突然想到了一个绝妙的主意。

"赢不了你们就要改规则?"

"是的。"我微笑着点头,学着教官从前的样子,多次用"是的"来回答他。这房间里没有镜子,真是令人感到遗憾。

"……你们觉得自己通不过测试很奇怪?"

"是的。"

我报复性地不断重复"是的"。无名氏约翰大概能察觉到自己被揶揄了。一直被人质问的滋味并不好受,可能够这样报复他,我感到了无上的愉悦。

虽然无名氏约翰不是个好教官,但能带给我这种快乐,我感谢他一下也不过分。

"我确认一下,你们说这话不是在开玩笑?是真心的吗?"

"是的。教官,我们怎么会拿这种事开玩笑呢?"

"那你们还真是好大的口气。"

我不禁恼怒,正想着回他一句什么,瑞典人突然插话:"明说话不好听,请您原谅他的无礼。不过,我们全队一致认为,现行的规则很不公平。"

我是个成熟的人，就算被别人的废话打断，也不怎么生气。这瑞典人经常会说些奇奇怪怪的话，我都习惯了。于是压下心中的不满，想着之后再跟他说道说道，现在就算了吧。

"嗯……我事先提醒你们，这事可是会记录在你们的履历上的。你们确定全员做出的决定就一定是正确的吗？"

这不是废话……不对，我看向教官。他一贯擅长动摇别人，总是会直直地盯着每个人看，以进行逐个打击。

又是老把戏。我在心里笑了一下。这时，中国人的肩剧烈颤抖，吓了我一跳。

我有一瞬间的迟疑。她这是在害怕吗？

这真的是，在奇怪的地方跌跟头。

要是她被教官击溃了，那我们就只能等着被逐个击破……算她欠我个人情吧。

"教官，可以吗？"

"明，怎么？"

揭穿他阴谋的感觉真是好。无名氏约翰瞪着我，不满于我出声打断他。而我并不在乎："你这是变相的胁迫还是建议呢？"

"当然是出于善意的劝告。"

他能把这么可疑的话说得堂堂正正，也真是了不起。一定是把良心扔到哪个角落里了。

"哼，"泰隆跟我一样，脸上挂着讽刺的笑容，说道，"不要相信一个满嘴都是'善意''建议'的人。这人生格言你竟然会不知道？"

"外乡人，这里是火星。我不知道你是哪里来的野蛮人，不过入乡随俗，到了火星就要按火星的规矩来。希望你能明白这里跟你家的习俗不一样。"无名氏约翰故作沉痛，对泰隆的质疑大加讽刺。泰隆的怒火顿时升起，我也感同身受。

这家伙倒是巧舌如簧。

"然后呢？要怎么改变？你们的诉求就是这种丧家之犬的乱吠吗？"他的语调中透着显而易见的轻蔑。

"你们在现有的演习规则下赢不了，就要求改变规则？你们是在求我吗？"

他单方面断定我们是一群丧家之犬，一举一动都叫我不爽。这个浑蛋，以为我看不出他这些举动背后的含义吗！

我总是觉得自己能赢，可是不知道为什么总是赢不了。说来可笑，我就像在打牌的时候被人蒙骗了的冤大头，该早一点察觉到对方在出老千的。

还是太过谦虚了。面对一群最令人不齿的对手，做一个正常人有利也有弊。

结论很明显。

"不……"

"不，我们不是在求你。"我抢在英国人前面说了出来。

一直赢不了的人，被人瞧不起也是没有办法的事。这世上哪里都是欺诈，火星上也有火星式的欺诈。

这里有的，是规则上的欺诈。所谓规则，就是为了维持公平的假象而设的圈套。只要想明白这一点，一切都变得明朗了。

"我，还有我的队友们，都坚信，变更规则的要求是正当的。"

看到英国人这样自愿开口表达不满，我感到了些许满足，不对，是非常满足。

之前我那么辛苦，现在坐享其成是我的正当权利。

"你们怎么敢妄言自己有这样的权利？"

无名氏约翰明显是在装糊涂。

"这都是你那教育项目的功劳，我才能注意到这个。"

说到这里，我突然意识到了一件事。虽然很不想承认，但这不是我一个人的功劳。我在这个过程中借助了队友的力量。尽管很不情愿，我还是要更正一下。

"哦，我自己也可以想到这些的。我考虑之后察觉到这里头肯定有哪里不对。"

可我的话似乎并没有给无名氏约翰带来触动。

"真是无稽之谈。推卸责任也不能这么过分。你们的演习环境是非常公平的。"

这人好像在坚持规则的合理性。

"我对你们太失望了。你们有这么多经验才更不公平。你们已经傻到连这个都意识不到了吗？"

无名氏约翰全身都散发着明显的怒气，巧妙地向我们施加着威压，还故作叹息。他的演技太好了，要是我们这边自乱阵脚,很有可能会被他逐个击破、巧言哄骗。

不过,我对队友们的保护现在收到了回报。只见中国人唇边带笑,歪了下头,开口道:"教官,你说得对,我们是参加了多次测试演习,也准备过很多次演习对策,这是有点不公平。"

怎么回事,她怎么这么说?

"不过,多优秀的考生都考不过能原封不动地写出标准答案的人吧?这不是努力能解决的问题。"

短暂沉默之后,无名氏约翰叹了口气,耸耸肩:"行吧……"

接下来他会说什么呢?我心里有兴奋,有不安,也有期盼,胸中被自己都不甚明了的情感所占据。

我们应该没有想错。

……应该是对的。

拜托了,让我们如愿吧。

无名氏约翰吸了口气。我表情稍稍僵硬。这是预备着要骂我们了吗?

"你们这群废物……不,烧鸟们,测试通过了!"

通过。

我们通过了!

"啊?通、通过了?"

埃尔兰多一脸茫然,傻乎乎的,简直太可乐了。总而言之,我们赌对了。

从此以后就是愉悦的时光了。

帕普金不知道从哪里冒了出来，在火星上为数不多的娱乐设施的一角开始大谈特谈他招募我们这一群具有"反抗精神"的人的原因：寻求批判性思维。说实话，我对他的这套冠冕堂皇的说辞并没有兴趣。不过，要是他在麦当劳请我吃一顿汉堡，那就另当别论了。

只要能吃到"超满足"之外的食物，不管是什么，我都会超级满足。我在伦敦太空港尝过的麦当劳，简直就是人间美味。

通过测试的感觉真的很好。

我现在心情简直好到不得了。

要我说，测试合格的庆祝活动应该不会太隆重。而在火星时间 38 小时之后，我少有地收回了自己的话。这庆祝活动简直可以用盛大来形容。

"要知道是这种情况，我们晚两天通过测试多好。"

不知道是幸运还是不幸……我还是不强撑面子了。通过测试的喜悦，已经褪去了。我虽然想要向上爬，但也并不是非要上战场。

"实战吗……"

我的抱怨被湮没在听到腻烦的莫扎特中。军舰内充斥着过于喧闹的声音，我发出这么点声音应该不会被别人听到。而且，这么点抱怨应该还在容许范围之内。

我们被厨房的紧急广播从睡梦中惊醒，随即就收到一道召集令，要我们前往火星轨道升降机。我们一头雾水地集合，抵达这个微蓝星球的太空港待命。在那里，我们看到了一艘军舰。

据无名氏约翰偷偷告诉我们的消息，这次我们应该是要和一个疑似与商联保持紧张关系的"联盟"的不明军团作战，执行"维护和平与治安"的紧急任务。

在接到这极度简单或者说粗糙的说明之后，火星上的烧鸟们就开始被装进停靠在火星港口的商联机动舰队辖下进攻空降母舰 TUF-FORMNITY 中。

上面吩咐我们尽快上船，不要磨蹭。

就这样，满载着烧鸟的商联机动舰队辖下进攻空降母舰 TUF-FORMNITY 从火星港紧急出动，全速飞行，前去与机动舰队的主力汇合。

目的地不言而喻。是真正的战场。我和我的队友们，向着第一次实战，出发了。

CHAPTER 5

第五章
实战

烧鸟和火鸡不同，永远也得不到恩赦。

无名烧鸟

商联机动舰队辖下进攻空降母舰 TUF-FORMNITY

紧急集合之后，我们随即被赶上了军舰。事发突然，我们并没有多少真实感，等到了舰内还是乱糟糟的一团。情况真是不容乐观。

可能是因为这是军舰，所以墙上贴满了强调"规则"的标语。可实际上呢？一切决定都是临时性的。

就连船舱的分配都是飞船离港之后才开始的。在莫扎特节奏莫名激昂的进行曲中，烧鸟们相互推搡着，拥挤着，连转身都无法做到。

在这种情况下，不可避免地会碰到一些举止粗鲁的傻瓜。他们受到莫扎特的些许刺激，有的开始打砸扬声器，有的上脚去踢……这不明智的举动，并没有什么作用，反而还引起了极其严重的后果。

再一次。对，莫扎特的曲子再一次在船舱内以一种常人难以忍受的巨大音量轰鸣开来。

在舰桥大发慈悲调整音量之前，我们很是受了一番古典乐的折磨。这群不长记性的傻瓜，我真是恨不得拿枪给他们背上好好来几下。

鉴于上次乘坐货运飞船的经验，很明显，愉快而舒适的太空航行与我无缘。

话虽如此，待遇还是有了一丁点改善。进攻空降母舰是专门搭载烧鸟的军舰，进行过专门的改造，住宿环境比货运飞船上多少要好一点。

具体来说，就是空气几乎可以称得上洁净。

大概是因为这船上开启了人工重力装置，没有人再动不动就晕船了吧。只要不晕船，我就心满意足了。还有，就像无名氏约翰说的那样，可能是因为规定，我们的伙食还是一成不变的"超满足"。

在我们刚刚上船，还乱成一团的时候，船上的人就开始给我们分发包装熟悉的管状食品。他们在这方面的工作倒是做得挺到位，不过，这东西我早就吃腻了。

想到这是第一次参加实战，我越看手里这粗糙的伙食越泄气。我不知道什么时候进行空降，不过我早晚都会被投放到战场上……烧鸟的死亡率之高，我还记得清清楚楚。事实上，会有一半的烧鸟死在战场上。

这几乎算得上是断头饭。他们就拿"超满足"来糊弄人？

真是叫人死也不能瞑目。

这如果是商联人半是讽刺半是激励地告诉我们不能死的话,那还好说。不过看样子他们并没有想这么多。不管愿不愿意,这都是烧鸟应该明白的真理。

我们可是在玩命,商联的人再怎么说也该在出征前给我们吃一顿麦当劳的汉堡吧。

我期待也无济于事。可能是在火星上的训练太过规律,不管拿到什么伙食,我的胃都会开始叫嚣着饥饿。

为了平息胃部的抗议,尽管不情愿,我还是吃掉了早就吃腻了的"超满足",随即用茶水冲散喉咙间的黏腻感。

跟往常毫无差别的伙食。奇怪的是,我竟然从这熟悉的举动中找回了一点镇定。不一会儿,房间分配好了。我们被分配到了一个五人间。进舱之后,我归置好装备和行李,就扑到了床上。

正打算抓紧时间补觉,却突然想到了一件事。

我不知道接下来是什么安排。

在平时,不可能会产生这种状况。

直到前几天,无名氏约翰还在给我们安排各种训练、讲习和演习。我们要做的只是完成他布置的任务,只要有空闲时间就只想着抓紧补觉……被塞进一艘军舰里待命,这种事我想都没想过。

说实话,开始我也很开心。

只要没人在我耳边嗡嗡,我就能躺在床上养精蓄锐,直到有新的命令发布。反正接下来还是会有许多奇奇怪怪的安排。在日本那服务水平处于世界"前列"的收容所待过之后，我已经非常习惯被人置之不理了。

我坚信空闲的时间不会太长。不知不觉中……火星的生活已经改变了我。

现在没事可做，可我还是平静不下来。可能是被教官的铁拳狠狠收拾过的原因，我现在一闲下来就觉得心里不舒服，真是不可思议。

没办法，我只能问身边最靠谱的人："埃尔兰多，你知不知道我们要这样待多久？有空闲是挺好的，可一直这么下去也不是个事儿啊。"

"什么待多久？"

"就是待命的时间。我们已经坐了一整天的飞船了。这是怎么回事？"

瑞典人的反应让我失望。

"对啊，明说得对。怎么就没人来给我们说明一下现在的状况呢？"

他缓慢地吐出了这么一句，耸了耸肩。

"我们只能等着。难得有机会，好好睡一觉，攒攒力气不是也挺好的吗？"

我不太赞同，可看样子英国人和紫涵倒是很赞同这个提议，简直都要为这种喝喝茶、再瘫到床上睡上一觉的悠闲生活唱上一首赞歌了。

队友们这种不厌其烦地想要休息的精神着实令我感动。于是，我也只能依着他们了。

我躺在床上翻了个身，苦笑一声。

我注意到了一件事，不管是在飞往火星的货运飞船上，还是在火星上，乃至在这艘军舰上，我很少能得到想要的说明。

不对，在火星上还算好一点。

在火星上的时候，厨房的人对我们好一通训练，动辄对我们拳打脚踢，还美其名曰"疼爱"，虽然这叫人多少感到害怕，但是那些人也算是对我们付出了一点关心。

而别的地方呢？我们被晾在一边，只能干等着。

唯一在变化的只有时间。要是我们这么干躺着就能收到商联人、商联军方发放的酬劳，那他们未免也太慷慨了。谁知道这是商联太大方还是太大意了呢。

我这么想着，感觉有点渴，就坐了起来，伸手去拿在火星上买的管装茶水。这茶的宣传语上说，可以在失重环境下饮用，着实很抓人眼球。而且，这茶喝起来很方便，确实是不错。唯一的问题就是，它的包装跟"超满足"几乎一模一样，这简直是个致命缺陷。这茶和"超满足"用的是同一种容器，只有标签不一样。大概这就是商联的风格。

想到这里，我又把手缩了回来。不行。绝对不能这么干。在第一次走上战场之前，我还有大把的时间。万一我到时候死在战场上，那就再也不会有这种时光，想做什么都不会再有机会了。我得去泡一杯真正的茶喝。

我把茶叶放到热水里闷了一会儿。真是个不明所以的步骤，然后尝了尝，味道还可以，一口喝了下去。

"明，干吗呢？"

我扭过头去，看到了跟我一样闲的泰隆。

"太无聊了，唉，总有打发不完的时间。你不分我一杯茶喝喝吗？"

"泰隆，我们AA，你先把茶叶交出来。"

泰隆像早就料到了一般，递给我一包茶叶。我接过来，把这包茶放到了茶壶里。

说真的，我不收他的加工费，这笔买卖还是亏了。不过，唉，既然他都给了一包茶，我还是不叽叽歪歪的了。

喝茶聊天一定是个古老的传统。除了我跟泰隆，其他人也开始各自喝起茶来。

不过，鉴于现在还在待命状态，我们不能随意走动。

这样一来，我就只剩下跟惹人烦的队友面面相觑、喝茶和睡觉这几个选项了。

可是茶叶总会喝完，我也不能一直在床上躺着，否则会陷入极其无聊的境地。

我跟泰隆说着废话，顺便学到了点历史知识。他很久以前说过一个叫什么阿拉莫的词，趁着这次机会我让他给解释了一下。

简单地说，就是一群人据守一个叫阿拉莫的要塞。

很难说这次战役是胜了还是败了，毕竟"战略上的胜负"

和"战术上的胜负"是两码事。

在守要塞的人是胜了还是败了这件事上，我和泰隆没有达成一致意见。据泰隆说，他们取得了胜利。可我不太赞同。我可不想遇到那种情况。万一不走运，真的遇到了，那我肯定会直接举白旗。

我当然接受不了这种用全军覆没换来的惨胜。

这些都是我内心真实的想法。不过，泰隆好像特别接受不了，还少见地生气了，一个劲地反驳我。我不知道他在说些什么，大概是想说我的意见跟他那奇奇怪怪的价值观不符吧。

什么"荣誉""历史""结果"，我是完全搞不懂。不过，想想也是，他那么重视家庭之类奇奇怪怪的东西，我跟他确实价值观不同。想到这里，我礼貌性地给他道了个歉。

还是不要轻视别人的信念为好。只要跟我没关系，别人心里怎么想，那是他们的自由。

我这么想着，扑到了床上。这时，一直播放着莫扎特激昂乐曲的扬声器陡然安静了下来。

正疑惑着，扬声器里瞬间响起了警报般尖锐的合成音，紧接着，一个人声响起。

"注意！注意！TUF-FORMNITY舰长向全员发布通报！"

啊，原来是要进行说明。我恍然大悟。那接下来到底要干什么呢？

"本舰正向作战区域航行，约四日后可以到达目的地。

本次行动的目的是'抓捕星盗'。进一步的说明由厨师来负责。请做好准备。完毕。"

就这样？这么快就结束了？不是在逗我吧？那个舰长全然不顾我们有多少疑问，自顾自地讲完之后，就跟完成了任务似的，再也不肯出声了。

紧接着就切换了扬声器。

"烧鸟们，听到了吧，智人种族的疑惑由智人种族来负责解答。"

接下来传出的声音一听就不是帕普金，不过应该也是一名厨师，还是个地球人。他很清楚"说明"是什么意思，在接下来的时间里详细地解答了我们的疑惑。

"我们此行的目的地是 ASJAR-5125 行星。该星球经过行星改造，可居住，但地处边境。由于距联盟的领地过近，商联放弃了殖民开拓。你们在这颗星球上要执行的任务非常简单。"

这个厨师讲话风格十分简洁，他说，我们接下来的任务就是在友军取得制宙权之后，在舰队的支持之下，空降到地表和星盗交战。

"你们第一次上战场能碰上这种任务，真是太幸运了。"

这时候，我发现中国人几不可察地皱了皱眉。可能紫涵意识到了厨师这话只能信一半吧。

实际上，紫涵想得没错。

好听的话往往都不太可靠，甚至可以说完全不可信。厨师们捉弄起我们来可是连眼都不眨，看帕普金就知道了。

我在心底暗暗警惕。地球人厨师在扬声器那头继续滔滔不绝。

"你们将面临的数艘星盗船，可能会是快速攻击艇级别的。据推测，星盗的高速飞艇可以脱离大气层。"

星盗？在太空中做海盗吗？

"总之，你们的敌人是通过开展星盗活动来扰乱边境稳定的作业船。"

我一头雾水，跟其他烧鸟抱有同样的疑问：地面作战还行，可是我们对太空舰船一无所知，从来没人教过我们。

很明显，这方面需要进一步的说明。厨师应该也意识到了这一点，又解释了几句，以便我们理解。

简单来说，星盗可能是特工人员。

如果放任他们跨过边境线，在商联的势力范围内为所欲为，可能会埋下祸患的种子。具体来讲，我们的好邻居打的是"保障占领"的算盘。之前就出现过这种情况，敌方借口"星盗猖獗，我方为维护稳定，不得不出兵讨伐"，自导自演，实际占领了商联的一部分势力范围。

"因此，这些不速之客必须死。"

厨师轻描淡写地说出了冷酷的话语，不过这也是事实。我和其他参加空降的烧鸟们，只能在战场上和敌人拼个你死我活。既然失败的一方会死，那没理由死的是我。

那就让敌人为我而死吧。这个结论真是简单又明了，我喜欢。

"为了防止平时喜欢看杂书的傻子错把特工人员误认为超级间谍、超人或者最新型人工智能，我再订正一下。他们只是普通的敌人。你们大可放心，拿起击针式步枪射杀他们。"

上战场，打倒敌人，战事结束。不用索敌，真是太好了。

紧接着，扬声器里又传出了各种说明，指出星盗的作业船速度快、隐形性能良好，且具备远距离巡航能力，对于舰队来说，是个麻烦的对手。

我对这些不感兴趣，不过听厨师的意思，星盗的船似乎很擅长在太空里捉迷藏。就像他说的，对付这种难缠的家伙，最关键的就是运用地表战力彻底端掉他们的老巢。

"这些人的攻击艇是全自动的，一般只会搭载几个人以作接应，往多了说也不过四十人，大概率不会出现一百人以上的情况。"

扬声器里传来的声音非常轻快，简单地向我们强调数量优势。

"还有一个好消息。这次的敌人相当于联盟的弃子，手头只有少量的情报。因此，你们要生还绝对不是难事。还有，敌人当中没有多少人受过地表作战训练。"

相比之下，我们这边有近千人受过训练。虽然这训练有点敷衍。

也不算，除了 K321 之外的人都只是接受了记忆转移，这只能算是速成训练。这次的战争是底层的相互拼杀，不过我还是有信心能以数量优势胜过敌人。

数量就是力量。

拥有十倍的兵力,还有舰队的支援,这简直就是理想状态。舰队取得制宙权之后,我们空降到地表,直捣这些不速之客的老巢,用手里的击针式步枪好好地招呼他们一顿,就可以收工了。

原来如此。听起来的确很简单。只要照教官教的办,就能顺利完成任务。

第一次上战场接到这种任务,我们可能真的有点幸运。

问题是,这也太顺利了。这么多好事,只要脑子正常都会心生疑惑。就算是毫无理智的野兽,也能嗅到可疑的味道。要是真有人信了这个厨师的话,那他不是脑子有病就是智商低下。

我暗自提高了警惕。扬声器那边,厨师还浑然不觉,兴致高昂地讲着。

"敌方的攻击艇就是瓮中之鳖。先前他们垂死挣扎、试图突围,被我们的先遣机动舰队以火力压制。现在他们已经被我们围困在了ASJAR-5125行星上。所以舰队才会把诸位从火星上紧急调遣过来。"

啊,这群畜生。

我不禁苦恼起来,你们这群糊涂虫,这不是给敌人留足了喘息时间吗!

本来以为你们是留了什么后手,没想到不但没留后手,竟然还给敌人开了这么大个口子。

"你们稍后呈包围态势空降到敌军武器库周围,再按照训练时的流程开展追歼战。好了,距战斗开始还有一段时间。由于大家都是第一次参战,接下来要讲解 TUFLE 的使用方法,请依次接受装备使用讲解。结束之后可以自由活动。我是厨师,说明完毕。"

他语速飞快,讲完之后再不出声。虽然我并没有盼望着讲完之后会有答疑环节,但他这做法也有点让人不爽。

难道忽略不好的方面是成年人的通病吗?要我说,这种人不是无能者就是和事佬,叫人喜欢不起来。

"还是追歼战吗?这个我们在演习的时候已经练习过很多次了,没想到这还是仿真训练啊。"

瑞典人依然悠闲。他这种凡事都往好处想的性格还真是了不起。我不由得苦笑。

"如果不是这样,那军方也没必要在测试中多次采用这种形式啊。对吧,埃尔兰多?"

瑞典人点头。我提出了一个棘手的问题:"这不是重点,重点是我们要面对严阵以待的敌人。"

"你觉得他们已经做好战斗准备了?"

"肯定的。"

我毫不犹豫地回答。像埃尔兰多和英国人这种家境优渥的人可能不会理解,被逼到绝境的人有多可怕。

"……这是遇到要噬猫的穷鼠了?真是最坏的情况。"

要么干掉敌人,要么被敌人干掉。

商联的人早就知道会是这种结果了吧?太可恶了!

"这样下去真的行吗!?"

英国人张皇失措,大喊大叫。真是的,这种时候你怎么不像管制 AI 一样迟钝了?我怎么知道行不行?我怎么会知道!

"赶快改换路线!离开这……"

泰隆的话戛然而止。

一瞬间的轰响。

导弹在附近炸开,冲击波震得我摇摇晃晃,固定措施没有丝毫作用。

"警告:饱和弹幕确认。"

管制 AI 的声音十分冷静,而我却惊慌不已。这种时候为什么不能用稍显惊慌的语调来播报呢?太不照顾我们的感情了!

"糟了!大家都改换路线了没有!"

"我换了!泰隆!"

"埃尔兰多、阿玛利亚、紫涵,降落之后马上……"

降落之后马上会合还是什么来着,泰隆还没说完,通讯器里再次传来噪音。我做好再次迎接剧烈晃动的准备。然而,我又猜错了。

"咔嗒"一下,摇晃的幅度比刚才小多了。是不是可以期待,我们马上就能从一片弹雨中冲出去了呢?

"警告：发现多枚近距离威胁弹。"

我听着管制 AI 的通知，心里期盼着通讯快点恢复。很幸运，这次接收器里的声音马上恢复了正常。空降中开会时间不充裕，因此我抓紧时间开口。

"我们在地表会合后，首先要探明突入路径，必须得找到武器库的入口。"

我期待着大家的赞同，可是等了好一会儿都没人应答，真奇怪。难道通信还没有恢复吗？

"管制 AI，查看一下通信的连接状态。还没恢复吗？"

"通知：没有。状况，通信系统在许可范围内运转中／连接功能，全力运转中。"

怎么回事？

这时 TUFLE 又晃了一下。我在这阵晃动中问管制 AI，既然在运转中却为什么连接不上？

"通知：本 TUFLE 无异常。周边无信号。全系统正常。"

"没有异常？没有异常是什么意思……不对。"

我的队友呢？

……K321 那些本该跟我一起降落的队员呢？他们的信号呢？没有听到他们被判出局的提示音啊？啊，对了，这里是真正的战场，没有裁判器。

刚刚人声喧沸，现在却只能听到警报声。我快受不了了。差不多得了。安静点。不要再放警报声了！

"喂，英国人，瑞典人你们说句话啊。泰隆，你个浑蛋倒是再笑一声啊。这个时候，就连紫涵都不再发言。不管是谁，不管说什么，你们出声啊！

"战况确认中：判定K321小分队消耗程度已达80%。判定，全军覆没。"

"闭嘴！"

"战况更新：根据商联军规定，告知队员具有投降的权利。商联军方将基于星际法，对签订契约者投降后的权利……"

这个废物！我不需要一个轻言放弃的失败主义者的建议。我绝对不会放弃！

"管制AI！闭嘴！"

"警告：重要情报。我有告知义务。"

我又没有求着你说这些没人会听的话。你要是不能帮我取得胜利，那我就不再需要你了。

"你个不知好歹的管制AI，听好了，马上按照我刚刚说的改换路线，然后闭上你的臭嘴！"

管制AI又说了句什么，可是我没有听清，好像有什么东西撞到了我的TUFLE上，"咚"的一声。

屏幕瞬间就暗了下去，光源全部消失。我坐在狭小的空间之内，被保护凝胶与黑暗包裹。几秒之后，黑暗中出现了明明灭灭的微光，应该是应急照明。TUFLE里被映得微亮。我急忙看向四周，TUFLE的外壳并没有损伤。

凝胶应该不会泄漏吧。至少现在应该不会。

要是那个废物话痨AI还在的话，这时候应该会做个说明。

要不要呼叫一句"管制 AI"？这个念头在我的脑海里掠过，我稍作踌躇，最终还是放弃了。

没理由在这种时候去呼叫一个靠不住的东西。

左边屏幕上的时间还剩几分钟。TUFLE 又被撞了一下，晃得我恶心。我再也不想待在失重环境中了。我盯着降落到 ASJAR-5125 行星上的倒计时秒数，嗤笑。

往常要更热闹一点的。虽然我并不喜欢那些噪音……不，非要说的话，我还是比较喜欢独处，就像以前那样。

我最后是不是要用降落伞来降落？能不能顺利降落到地表呢？不管怎么说，该做的事还是得做。我抓住了先前固定在身上的击针式步枪。

我绝对、绝对要活着离开这里。到时候我要拿着击针式步枪，把商联舰队上那群抛弃我们的浑蛋全都打死。

我能做的都做了，要是还会死在这里，那我也没有办法。

突然，凝胶内部的应急光点开始急促闪烁。我意识到空降可能是到了最后阶段。灯光闪烁的提醒方式比管制 AI 那聒噪的声音强多了。

马上到达 ASJAR-5125。

终于到了。

倒计时即将归零。接下来蛋壳自动裂开，凝胶自动脱落，我就能从 TUFLE 里出去了。

我正斗志昂扬，准备大干一场，突然意识到有什么地方不对。

……没有任何动静。

是我在轨道空降的时候被炮弹击中了吗？还是说这个 TUFLE 是残次品？我被困在里面了吗？

都到这种地步了，竟然得到这么无聊的结局，我怎么能甘心？

"开玩笑！！！放我出去！我要加入战斗！"

"强制启动—通知：马里亚纳演习结束。恭喜烧鸟完成演习任务。"

"什么东西？"

话音未落，本应该坏掉的屏幕一齐亮了起来。我被这光刺得发晕，一时间不知道自己是眼睛坏了还是脑袋坏了。出现在我眼前的，竟然是进攻空降母舰 TUF-FORMNITY 的发射区域！这不可能。我不是应该早就被发射出去了吗？

不过，眼前这是怎么回事？我忘了自己还穿着气密服，不禁想去揉眼睛，结果碰到了护目镜。

太荒谬了。我是不是眼花了？我这会儿不是应该在太空里吗？

待在 TUFLE 里，向着 ASJAR-5125 突入……

"通知：任务执行情况汇报开始。全体烧鸟，请立刻退出 TUFLE。播报舰队司令部标准讲话：'勇士永不言弃。'完毕。"

接着 TUFLE 的上部轻巧地打开，凝胶跟上次一样凝结成阶梯状。我踏上去，看到了外面的景象。果真是在军舰内部。

我一脸茫然，爬出TUFLE，见到了同样茫然的K321队员们。

这到底是怎么回事？

训练支援母舰/（伪装名称：进攻空降母舰）
TUF - FORMNITY

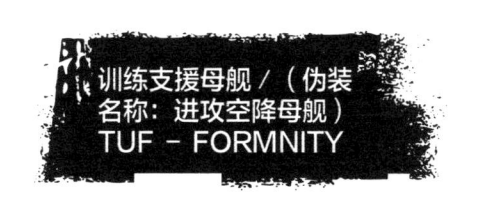

伪装成发射区域的训练设施内部，观察室内。这里有几个座位上没有人，异常显眼。只有几个军舰上的船员在观察室内充门面。

就连这几个人都不是真心来观看演习的。如果舰长不是建议士官以上人员全部出席的话，他们根本不会露面。商联军中自愿出席本次演习的只有帕普金和厄古斯武官两个人。

究其原因，对于船员们来说，马里亚纳演习不过是例行工作。在此之前，他们已经参与过太多次，再观看一次演习的要求并不能激起他们的好奇心。

这不过就是舰队司令部和母国对于烧鸟不加掩饰的漠不关心与超低评价。正因如此，尽管收到帕普金参观演习的邀请，他们也无动于衷。

商联军人用他们的出席率如实地反映出他们对烧鸟的期待值。

昏昏欲睡的进攻空降母舰士官们勉强打起精神出席,就是最好的证明。

这么看来,没有人对这群烧鸟抱有期待。没人想得到他们会通过这次演习。

怎么可能会有烧鸟在面对危机的时候不放弃、不动摇,寻找出最优解,并以坚强的意志将其落实到行动中?

可就是这群廉价消耗品,取得了跟商联海军陆战队一样耀眼的成绩。除了帕普金,观察室内的所有人都震惊地盯着屏幕。

厄古斯武官是一名海军陆战队士官,他可以担保屏幕里发生的一切都是真实的。

他不吝于承认这次来观看演习是一件非常有意义的事。

"他们在 ASJAR-5125 事件中没有放弃,并且生还了?"

通过这次演习合格的条件异常的简单。只要避免全军覆没,成功地降落到任务预定区域就可以了。只需要注意一点:不要中途放弃。

只有理解任务要求,动脑思考,并且以坚强的意志来保证任务的执行,才能通过这测试。

商联人认为烧鸟不可能合格的原因也在此。他们断定,烧鸟可能会装出思考的样子,但并不会真正地思考。而且从以往的经验来看,给烧鸟进行知识转移,也不过是临阵磨枪。

有人合格了。有一个小分队合格了。

从严格意义上来讲,由于分差原因,这个小分队中有部分人并不算是真正的合格者。不过由于这次演习中该队总体获得了合格成绩,所以前所未有地出现了五名合格者。

"唯独这五个人,我们不能称其为中看不中用的新品。"

轻言放弃可以杀死勇士。英雄在放弃的瞬间就成了死人。于死地中求生存,必须在接纳死亡的同时不放弃生的意志。

相反,没有经受住试炼的人不可靠,这也是没有经受住生死考验的新人只能被蔑称为新品的原因。

无论是烧鸟,还是商联海军陆战队的新兵,无一例外。

新品们在面对死亡的威胁时,无疑会非常狼狈。这是"经验"这个性价比极低的老师教会商联人的残酷事实。

认识、混乱、拒绝、逃避、绝望、放弃。

就连商联母国的军人,最初也是如此。他们哭叫着,大喊着,最后脑中的弦绷断了,放弃了。商联军人的预备队尚且如此,那新品烧鸟……厄古斯武官明白,不能对他们抱有太大的期望。

训练毕竟只是在思想认识的层面思考应对策略。只有让受训者了解最坏的结果,才是最合适的训练与最合适的预防针。

因此,商联军将濒死体验纳入了教育标准流程。至于烧鸟,商联则选择了商联舰队史上罕有的大败作为教材,让烧鸟们亲身经历这一惨败的空降作战。

那是商联与联盟从冷战转为热战的关键时期，两大势力之间局势紧张。商联舰队在这一时期做出了无数的错误决策，其中以 ASJAR-5125 事件最为著名。那是商联开始运用烧鸟的初期所遭遇的初次大败。

不过是个治安作战任务，顺带着一点清剿作战。商联对这种预判深信不疑，以军事氏族加强对机动舰队司令部的防守，终于走向了致命的结局。这是一个典型的反面教材。

在应对 ASJAR-5125 行星上来历不明的攻击艇时，商联舰队突然遭遇了联盟舰队，被打了个措手不及、左支右绌、异常狼狈，而且产生了商联军队所不该有的"全面开战"念头，为了争取炮战距离而放弃了空降支援。

他们的头脑被军事思维所占据，丝毫没有考虑到别的可能性，并且完全抛弃了外交礼仪，搞到了战争一触即发的紧张地步。就在商联舰队打算开炮时，联盟舰队按照列强之间的外交礼仪，发射出几发礼炮，在商联舰队眼皮底下悠悠地掉转了方向。

最终，对方的统帅惊讶于通信状况之差，并表示联盟舰队只是来做礼节性的访问。商联舰队司令部的成员们哑然。等他们消化完现状时，一切都晚了。

由于商联舰队过于警惕联盟舰队，解除了对行星的封锁，困在行星上"来历不明"的攻击艇一窝蜂地逃走了。

商联人被联盟摆了一道。这件事给商联带来了极大的冲击，也给军事氏族带来了极大的打击。其影响之大，至今也没有完全消除。就连厄古斯这个年代的人，在士官学校里也被教师们反复督促着培养"广阔的视野"。

"合格的任务执行者要对收到的命令进行再次解读，必要时还需自行决断……就连听到本队全军覆没的传闻时也不能投降。"

历史上，ASJAR-5125事件中充作轨道空降代用步兵的烧鸟们所面临的致命问题，即来自舰队的明确指示暂时中断。最开始，这些烧鸟们都呆呆地等着司令部的进一步指令。等他们意识到司令部不会再下发指令时，立即陷入了连锁恐慌之中。

最终，烧鸟之间肯定蔓延着绝望的念头。他们失去了希望，放弃了所有，最终全军覆没。这些烧鸟中甚至还出现了自杀者。

不过，从厄古斯武官等舰队士官的角度来看，虽然情势严峻，但现在考虑放弃使用烧鸟，显然为时尚早。

这是从商联军其他部队所发表的生还率数据中得出的结论。

脱胎于ASJAR-5125事件的马里亚纳演习是所有行星轨道空降作战相关工作人员的必修课，就连商联海军陆战队也不能例外。而商联海军陆战队的生存率高达四成以上，与烧鸟一直以来的零生还率形成了鲜明的对比。

正因如此，烧鸟才会一直被人轻视。厄古斯武官看着眼前的景象，忽然难以置信地摇了摇头，垂下了尾巴。

竟然真的有人类坚持到了最后，还成功降落了？

厄古斯武官转身，面向得意扬扬的帕普金，叹了口气。

"我很惊讶。难道是厨师走漏了风声吗？"

把这次任务其实是濒死体验项目的消息透露给烧鸟虽然不会对新品的教育产生恶劣影响，但有可能导致实战中死亡率的大幅攀升。因此，商联规定泄漏此事的人适用于叛国罪。

"您是在说我吗？"

"不，我只是开个玩笑。你要是这种轻浮的人，我肯定早就被你耍过无数次了。"

帕普金跟母国财务氏族的人真的很像。这不是恭维也不是指责，只是厄古斯心中真实的想法。帕普金是个难搞的人，如果有一天他自己建立了一个氏族，旁人也不会感到惊讶。如果眼前这一切都是假的，那事情倒是会好办不少。

所谓骗术，在谎言被拆穿的一瞬间就会失效。不过，如果这一切都是真实而不含水分的，那这结果足以改变现状。

"有趣。如果烧鸟学会自主思考的话，就可以当作正规军的士兵来使用了。"

"也就是说，烧鸟被商联人当作物品来使用的理由又少了一个。"

帕普金的话看似委婉又礼貌、没什么特殊的意思，可言外却暗藏着些许怒火。他显然是把那些烧鸟视作自己的同伴了。厄古斯武官只能认为，帕普金这是认定母国的氏族应该承担连带责任。

"你是在批判商联不该把烧鸟当作无人机的补充物来使

用吗？"

"用商联的话来说，这应该是一种'资源浪费'。"

帕普金回怼了一句。

他用商联的逻辑，对商联的不当之处进行了合理的驳斥。真是好手段。这招太高明了。

"那都是母国财务氏族说的疯话。我会把你的意见整理上报的。"

"哎呀，可以吗？您不用顾及母国那边大人们的精神卫生状况吗？"

听着帕普金这毫不走心的话，厄古斯武官笑出了声。一个地球人，竟然还操心母国财务氏族的精神状况！这种鬼话，放在商联怎么都不可能有人信。

"帕普金，我是舰队的人。对我来说，财务氏族的人比列强更可恨。"

"所以呢？"

"将K321的事情当作典型事例上报对舰队有利。说不好地球可以成为商联的士兵征召地，顺便还能抢在财务氏族前头捞上一笔，我没有理由拒绝这么好的交易。"

厄古斯武官的话里没有任何恶意……至少，他想着最大限度地向帕普金示好。

不过，帕普金听了之后表情还是稍稍扭曲了一下。

"大家本来都想当士兵。"

厄古斯武官第一次见到帕普金脸上露出如此真实的表情。

对厄古斯来说，帕普金这略带自负的说法值得他付出尊敬和理解。

"……商联向来不把烧鸟当作士兵看待。要想做出改变，就得从现在开始。信用与口碑都要一点点地积累。"

"嗯，我也打算这么办。"

地球人立下了凌云壮志，厄古斯武官不得不履行自己的职责，告诫了他一番。不能让他空欢喜一场。

"你最好不要抱有太大的希望。K321小分队虽然这次通过了测试，可是并不具有作为指挥人员的领导气质。就算是当个普通士兵……说实在的，我也不是特别乐意接手。"

"厄古斯武官，我还有话要说。"

地球人脸上挂上了意味不明的笑容，又耸了耸肩。他礼数周全，厄古斯心中一动。

"什么事？"

"您能履行自己的义务，这很好。不过，作为先决条件，您要求享受什么权利呢？有条件交换才是商联式的做派。"

交易时双方应该各负一定的义务。人并不会无条件地履行义务。这就是商联式的冷血做派。

当然，只有在对对方做出积极评价的时候，你才会对他有所期待。

只有傻瓜才会对垃圾抱有与钻石同等价值的期待。如果交易对象不是一块值得打磨的原石，谁会对他说出期待的话语？

"……这是永恒的真理，我不能否认。然而，我希望你能回忆一下我来这里的目的。我作为一名商联士官，在这里的所见、所闻、所知，不足以成为理由吗？"

"恕我冒昧，我可以对您抱有期待吗？"

"我只遵从自己的义务与名誉。"

帕普金听完，满意地点了点头。这个地球人还真是一如既往地让人看不透。他的身上同时具备财务氏族的狡猾和军事氏族对名誉的重视。

真是个怪人。

"希望您不要厌倦我的抱怨……"

"不要做过多的评价。你可以尽情地开价，现在，只要等待行情变化就行了。"

"如果形势好的话，能卖个好价钱吗？"

这话貌似疑问，却透着势在必得。他的心还真宽。谁敢保证这队烧鸟会一直拿出亮眼的成绩呢？

在现役的舰队士官之中，有多少人看好这群烧鸟呢？整个舰队里，算上厄古斯武官，一只手就能数得过来。帕普金应该也知道，士官们普遍不看好现行的教育改良项目。

帕普金的想法里，不能说没有自信过剩、自我感觉良好，或者说夸大妄想的影子。不过，面对帕普金的妄言，厄古斯武官还是展现了他的善意。

他耸了耸肩："但愿如此吧。"

随声附和又不需要付出多大的代价。

CHAPTER 6

第六章
结局

为可能性干杯。

帕普金／厨师

所谓的紧急出动，不过是商联准备的剧本。我们乘坐 TUFLE 进行的空降，也只是由再体验装置所提供的虚拟体验。就连同伴被空爆榴弹全歼的场景，也不过是这一演习项目的一环。

我所经历的全部，就是一场大规模骗局。

暂且不论其他意志消沉的小分队，我，不，我们 K321 小分队的成员全都十分愤慨。亏我们还做好了跟敌人拼个你死我活的准备，结果就这么被人耍得团团转！商联就这么小瞧人吗！

就在这时。

帕普金不知道从哪里冒了出来，满面笑容地说着"恭喜"之类的怪话。

我们几个一头雾水，只见他煞有介事地递过来几张"合格证书"，小小的，纸张看上去非常廉价。

"我知道你们有很多疑问，这些都可以之后再说。"

帕普金只说了这一句，就留下目瞪口呆的我们，转过身匆匆地走了。

在这之后，情况急剧变化。

演习刚刚结束，我们就接到命令，返回床上。没什么事可做，我就吃了一包"超满足"，又喝下去一包茶，冲散嘴里那种一言难尽的味道。睡了一觉之后，训练母舰 TUF-FORMNITY 驶入了火星太空港。

在军舰进入港湾的同时，厨房就打出了帕普金与本次演习合格者的投影。这次演习只有我们 K321 小分队通过了。我也是后来才知道，之前从来没有人能通过这种演习。

几分钟之后，军舰靠泊。我们下船后，军舰急匆匆地掉头驶离了火星港。

我们一头雾水地被带回来之后，才见到了帕普金。他看上去情绪高涨，对现状做出了说明。

说什么"目前还没有进一步的计划"。

在我们惊讶的目光下，帕普金接着解释，这是因为商联原本就没有期待烧鸟能完成演习任务。

所有的计划都是以无人通过演习为前提而制订的，所以商联军方准备了补习项目，将不合格的烧鸟运送至其他行星参加补习。

但是，他们没有为合格者制订计划。所以 TUF-FORMNITY 的舰长判断，上头应该对合格者"另有安排"，所以又把我们送回了火星待命。

这也就解释了为什么我们刚踏上火星的土地，训练母舰就急匆匆地赶往下个目的地。

我们竟然打乱了商联这种小瞧人的安排，太痛快了。胜利的滋味真是美妙，只要尝过一次，就会无法自拔。为了庆祝，我可以和傻乎乎的泰隆一起抱怨讨人嫌的英国人，也可以和神神秘秘的中国人一起坐下喝茶。

尽管 K321 小分队的人多多少少都有些缺陷，但如果是为了胜利，我可以跟他们站在同一战线。

话虽如此，可我是我，他们是他们。

我们有了合作的基础，但这不足以让我们交心。

就这样，我和队友们保持着不远不近的距离，一起度过了火星上短暂的闲暇时光。

我们从束缚之中被解放了出来，在熟悉无比的厨房内部，在职员生活区内，吃到嘴里的"超满足"味道都跟以前不同了。

具体来讲，主要有两大不同。

"超满足"还是那个"超满足"，包装没变、内容没变、分量也没变。不过现在我们不用再听着莫扎特进食了，这无疑是一种特权。

而且，让人开心的是，我们暂时获得了一个更大的特权。

我们搬进了单间。没错，我们都有了自己的房间。

尽管一整天都跟 K321 成员在一起的生活可以忍受，但我还是想拥有属于自己的时间跟空间。

关于想拥有自己的专属空间这件事，我知道，这里是火星厨房，有着飞船所无法比拟的巨大空间。而我在日本的时候从来没有享受过如此高规格的招待。因此，火星上这个单间，是我赢得的第一座城堡。

我简直要爱死这个房间了。就连通过过滤器净化过的空气都充盈着自由的味道。我深吸一口气，更加清晰地意识到了这个不同。空气中没有掺杂着其他人的吐息，真是棒极了。

正当我为这事开心不已时，帕普金来到了我的房间。

他依旧对我寒暄一番，脸上也还是挂着意味不明的笑，这样的表情与开场白就像是他的面具。当然，他还是称呼我为先生。或许他认为，这种故作绅士的举动有种形式上的美感？这套做派也许永远都不会变。真是辛苦他了。

"能一起吃个饭吗？我请客。有点事想跟你谈谈。"

"你要请我吃'超满足'吗？我拒绝。"

就算我今天把他赶出去，那也是我的自由！支配房间里的一切，是房间主人的自由。正当我要行使这一自由时，帕普金的一句话使我停下了动作。

"明先生，我要是有选择的权利，那就会行使它。"

废话。谁会欢天喜地地吃"超满足"呢？

帕普金是个厨师。跟我们烧鸟不同，他肯定很有钱，那在吃什么上肯定也有选择权。

"火星厨房只是一个地处偏远的训练设施,商联的吝啬鬼们在设计这里的时候,也是将实用主义贯彻到底。不过,至少这里还有一个小小的娱乐区。怎么样,在火星上老是吃'超满足'是不是特别没劲?要不要跟我一起?"

承认吧,我偶尔也会想去吃点新鲜的。利益摆在眼前,我接受了帕普金的邀约。

训练设施虽然占地广阔,可职员的生活区却很小。转眼间,我们就到了娱乐区。从房间到小卖部的距离只有几分钟。之前我还在这里,用我那微薄的工资买过几次茶。再往前,就能看见我一直惦记着的霓虹招牌——麦当劳。那里面有散发着香味的汉堡,让人垂涎欲滴。

它就像一颗价格昂贵的糖球,摆在我触手可及的位置,简直就是折磨。在没有成为一个合格的烧鸟时,我那点微薄的工资不足以承担麦当劳的高昂价格,只好忍着口水,这真是惨无人道的折磨。吃不上麦当劳,我对火星上的伙食也不抱什么希望。

现在《马里亚纳合格者薪酬规定》还没有拟定,等政策定下来之后,商联会把工资和迟发补偿利息一起打到我的户头上。也就是说,要发给我们的钱突然多出来一部分,但得拖一段时间了?商联人以前不是挺慷慨的吗?不是在金钱方面严格遵守规定吗?

他们一定是打心眼里觉得我们通不过这次演习。但现在我们把商联人的偏见彻底打破,这种感觉真是太好了。

但因为被欠薪，我还是吃不起麦当劳。不过帕普金说了今天他请客，那就没什么可担心的了。

我有很多疑惑，也受了很多苦，都得跟他说道说道。就凭这些，他来请客也是理所当然。

用紫涵的话来说，人情可不是白送的。我这么想着，抬腿朝着麦当劳走去。

可是，就在我期待着麦当劳的大餐时，帕普金竟然视若无睹地从那个闪着光的 M 字招牌前走了过去！

"帕普金，不在这儿吃吗？"

"这里是卖牛肉的，我今天想吃鸡肉。"

简直是不明所以。他竟然还心情不错地哼起了歌。

我的心情顿时就没有那么美妙了。

"明先生，到了。"

帕普金冲我招招手，转身走到了一个狭窄的角落，把手伸向墙上的认证装置，旁边厚重的墙壁滑开了。

"欢迎来到成年人的隐秘世界。"

他的一举一动都是那么浮夸，我都懒得回应。

"这个地方只有商联人和工作人员知道。肯定没人告诉你们有这么个地方吧？你们要是知道了，还不得闹个暴动出来。"

我没有做出任何回应。不知道他从我的沉默里领会出了什么东西，竟也没有再试图引着我说话，而是耸了耸肩，向前走去。我也跟了上去。

里头这是……暖帘吗？

我在义务教育阶段，曾经上过一门无聊的课程，好像是叫"伟大的日本史"，课程的内容全部都是怀念没落以前的日本社会。我好像在课本上见过暖帘这种东西。

学校里那些废物教师的话，我基本上都忘光了，只隐隐约约地记得有人讲过，在饮食店里可以自由地点单。

我以前也好奇过那种店里头究竟是什么样的，没想到竟然在火星上见识到了！

一眼望去，店面非常狭小，也不知道是火星上空间有限，还是它本就如此。桌子也只有一张，就是那个木制的柜台，目测满打满算只能坐八个人。与麦当劳的开放式空间不同，这里给人一种拥挤感。

柜台里只有一个年近四十的男人，我也看不出来他对新进门的顾客有没有兴趣。

而且……我总感觉店里烟熏火燎的，还有噼里啪啦的声音。老实说，我有点不安。是不是发生火灾了？

"你对这种装潢应该很熟悉吧。"

"……我应该感到熟悉吗？"

带着些许怒意，我下意识地刺了他一句。

看帕普金那副吃惊的模样，果真不知道我之前从来没有进过这种店吗？

"再怎么说也比货运飞船的船舱要熟悉吧？不说了，坐吧。"

我随着他在柜台前坐了下来。环顾四周，饭店里该有的东西一样都没找到。

"菜单呢？"

我当初在麦当劳里，知道了自己还拥有自由选择的权利。现在我想要行使这个权利，可是菜单呢？这里又不是"超满足"的自动贩卖机，有菜单倒是快点拿出来啊。

"明先生，这家店不能点菜。"

"那我不能选自己想吃的吗？"

"你可以换个角度想想……把一切都交给专业人士去做不是很好吗？"

接着，帕普金面带微笑，对店员说了一句"交给您了"。连选都没得选，看来这家店生意不好。

我的期待值骤然下降。店员丝毫没有察觉，把茶杯推了过来。他脸上连个笑影都没有，也不知道是态度冷淡还是天生沉默寡言。

这家店太不像样了。

"这啤酒不是生啤，你多担待。干杯。"

"干杯？"

我呆呆地重复了一遍帕普金的话。他见了以后，脸上也浮现出吃惊的神色。

"哎，这里可是烧鸟店。"

我一时间没能理解帕普金的话。烧鸟店？我搞不懂了。这是什么意思？待了一会儿，我总算反应过来"烧鸟"这个词是什么意思了。

我不禁握紧了拳头。就在前几天,我还坐在 TUFLE 里,做好了被整个烧焦的心理准备!

"你让一个烧鸟来吃烧鸟!?"

"同类相食也不错,不是吗?"

帕普金的笑容相当讽刺,可我却笑不出来。虽然不至于愤怒至极,可也做不到谈笑风生。我看着帕普金那得意的表情,怎么想都有点生气,于是刺了他一句。

"帕普金,你可真是坏心眼啊。"

"明先生,你是烧鸟还是烧鸟呢?"

"别玩文字游戏了。我对这种东西没……"

"那就不绕弯子了。"

帕普金一改说教的口吻,缓和了表情。

"进食往往会伴随着道德感。与其带着道德枷锁吃'超满足',还不如抛开道德。"

"这个我同意。"

"嗯,你我都是有欲望的普通人,而你勉强也能算是军人,没必要连吃个烧鸟都要百般纠结。"

这时,咔嗒一声,店员推过来一个盘子,里头放着几串食物,散发出奇异的香味。

店员不动声色地看了我一眼。是在催促我快吃吗?我回望过去,那个四十岁左右的店员又把视线转到了盘子里的串串上。

既然他让我吃,那就吃吧。

我狠狠地咬下一口肉。

鲜美的肉汁、盐和胡椒的味道融合在一起……这就是肉的味道吗？

"牛肉是不错，可还是鸡肉更好吃。怎么样，烧鸟，你感觉如何？"

他这是在问身为烧鸟的我有什么感想？我实在是不想直接说出好吃来。不过……这东西是真的好吃。我咽下嘴里的肉，非常满足。要是帕普金不在我耳边唠唠叨叨，我能吃得更开心。

我叹了口气，像是要换换口味一样，开口问出了一直以来的疑问："帕普金，我有个问题。"

帕普金耸了耸肩，表示自己在听。我直接问了出来："我一直想问，为什么叫我们烧鸟？"

"这是历史上的问题。"

他若无其事地说。

"我给你讲个故事吧。轨道步兵刚刚投入战场时，死亡率高达九成。你既然参加过马里亚纳演习，那肯定有人给你讲过，烧鸟的死亡率极其高。"

帕普金呷了一口茶，接着讲烧鸟还没被称为烧鸟时的事。

"可能了解这段历史的人还能想起来所谓的火鸡空投。一开始你们是被称作火鸡的。"

"火鸡？"

"就是你们日本人说的七面鸟。"

我不太清楚火鸡到底是什么，不过好像跟鸡不大一样。

我犹豫着开口，指出了其中矛盾的地方。

"可这说的是火鸡不是烧鸟啊？"

"那是因为一开始充当轨道步兵的都是美国人。"

"像泰隆那样的人吗？"

帕普金点点头，拿起一串鸡肉送到口中，又用随意的口吻说着无聊的文字游戏："那些美国人抱怨，'我们复活节还会赦免火鸡，可是空降前却没人来赦免我们！'"

"简单地说，惊恐的轨道步兵们被烧得焦黑，落到地表之后，有人给这些被烤焦的人起了个'烧鸟'的外号。"

"真是坏透了。这种人有病吧？"

"正常人也干不出这种事。说真的，基本上没有人能够多次完成轨道空降任务。从这方面来讲，你们的教官是个不可多得的人才。"

这时我才意识到，我所体验过的马里亚纳事件是一次失败的轨道空降任务。从两次失败的任务中死里逃生，旁人真是想都不敢想。教官究竟是怎么做到的？在离开火星之前，我一定要找他问一问。

现在还是听帕普金讲吧。

"一直以来，商联都不把烧鸟视为真正的军人，而是备用品，或者说消耗品。"

帕普金声音阴沉，嗤笑一声。这是终于挂不住面具了吗？他还真是……算了，我并不了解他，还是不说了。

"有人也把商联的征兵令称为'一钱五厘[1]'。地球上有

---

[1] "二战"时日本征兵令的别称，意指士兵的廉价。

的是人想要做烧鸟。考虑到极高的失业率，各地的自治政府鼓励公民去当烧鸟也不是不可以理解。商联虽然不是来者不拒，可对他们来说这不过是花小钱办大事，方便得很。"

我之前也隐隐约约地察觉到了。不过，帕普金这么毫不避讳地说出来，不禁让我有些担忧。

"帕普金，你为什么会对我说这些？"

"因为你是日本人，是地球人，属于智人种族。"

帕普金把这些词一个个都说得特别清楚，然后笑了出来。

"而我是俄裔，是地球人，当然跟你一样，属于智人种族。归根结底，是因为我和你同处于这个小小的宇宙之中，却有着太多的共同点。"

开什么玩笑。我摇了摇头。我跟他可不一样。

"你可是一个厨师啊，怎么能跟我们这种卑微的烧鸟一样呢？"

"我以前也做过烧鸟，那段时间活得很狼狈啊。"

啊？我傻傻地应了一声。帕普金居然做过烧鸟？

"抱歉，这个以后有机会再说。现在我们能在火星上吃鸡，放在以前，人们做梦也想不到。从这方面来讲，你我活在一个传奇的时代。"

"……你观察事物的视角还真独特啊。"

我不是很能理解他此时的感性。要不要趁机问一问他那不想让人知道的过去？……不过还是算了吧，他今天说的已经够多的了。

我不知道帕普金有没有看出我的纠结。只见他愉快地笑着说："奇怪吗？我不觉得。"

说着，伸手拿过面前的茶杯，呷了一口："这一切都是ego驱使的。"

"什么是ego？"

"就是我的私心。我可以从商联人的口袋里掏出钱来，还能随意地驱使你们这些年轻的烧鸟，正是由于我的私心，这些事才能联系在一起。"

帕普金望向我这边，视线却没有焦点。他轻笑："我想要证明，地球人拥有无限的潜能。外星人侮辱我们，说我们缺乏思考能力，你不觉得这话很荒唐吗？"

我觉得无所谓。我们只有跟如此荒唐的商联人打交道才能挣出一点希望，他这么说让我很难办。但是，我也说不出反驳的话来。

这叫什么事？

"……我非常、非常反感这种说法。"

这不像他。帕普金总是不透露出过多的感情，脸上挂着虚假的微笑。当他剥下这层虚假淡漠的皮之后，显露出的是澎湃的情感。

……这叫什么事？我为什么会对他感同身受？

帕普金接着说："你要清楚，智人种族是个了不起的群体。"他犹豫了一瞬，又摇了下头，像是要把什么乱七八糟的念头甩出脑海一样，带着一丝骄傲，说了最后一句话："一定要给我干出点样子来。"

　　说完，他不再开口，拿起盘子里的鸡肉大嚼起来。我便也不再开口，安静地坐在帕普金旁边，把鸡肉往嘴里送。

　　真好吃。

　　不用说，这比"超满足"好吃多了，而且还是免费的。

　　这美味是不是也有"期待"的加成？这还是我人生中第一次感受到别人的期待。唉，这个想法太傻了。我什么时候也变得跟瑞典人一样多愁善感了？在这种感情的驱使下，我是不是还会去跟英国人握手言和？

　　不可能。我摇摇头，把这种念头甩出脑海。

　　反正我是个烧鸟。我扛着枪，坐着 TUFLE，被商联军队发射向行星，是个价值一钱五厘的一次性用品。

　　我连征兵令都没有收到，自己就兴冲冲地跑来当烧鸟，是不是很傻？

　　……开玩笑。

　　我越是想，就越是愤怒。

　　好哇，既然这样，那我得做点什么，让他们看看，我跟那些傻瓜不一样。

　　我得做点什么。

　　闲了几天之后，K321 小分队接到了新的命令。帕普金拿着几张任免文书走了过来，据他说，我们得到了大大的提拔。他连声道恭喜，动作夸张地把那几张文书递给我们。

不用说，我顺利完成了学习任务。

我不知道是不是所有的厨师都是这副德行，还是说只有帕普金才这么像商联人，他说的话里，真话都不到一小半。

所谓"大大的提拔"，不过是我……不对，是我们K321小分队，被编进了商联军的母国舰队。我本来还以为自己会被编进某个空间站或者行星部队。

不过，舰队？还是母国舰队？

肯定又是帕普金在自作主张。

他本来就是一个所谓的"ego集合体"，从来都不会考虑我们的感受。真是浑蛋透顶。

……我还有个疑问。

商联的母国，到底是个什么样的地方？

未完待续

后记

早川文库 JA 系列的读者们，大家好，我是卡罗尔·曾。可能部分读者之前看过我的作品，不过我想，也许有很多读者是被"烧鸟"这个题目或者 so-bin 所绘的封面吸引而入手这本书的，也可能有很多读者是在购入早川的 JA 系列时买到了这本书，因此，我还是要做一下自我介绍。

卡罗尔·曾听上去像是欧美人的名字，但我是地地道道的日本人。我资质平庸，且胸无大志，只是一个喜欢尝尝美食、睡睡懒觉的小人物。而幸运的是，我的作品得到了读者青睐，我也得到了早川书房编辑的注意。好了，关于我自己的经历，就说到这里吧。

跟大家说点心里话，我每次开始连载新作品的时候，都会既紧张又兴奋。更何况早川书房的书我从小读到大，能给早川书房供稿，我的紧张与兴奋更是不言而喻。其实我早就有开始连载这本书的计划，不过中间编辑病倒，我也忙于上一本书的动画化，手忙脚乱之下，这个计划就耽搁到了现在。

虽然这么说有自夸之嫌，不过从结果上来看，我得到了充分的构思时间，对当初的大纲做出了较大的改动，明确了故事的主轴。

最开始，我构想中的烧鸟是"一次性使用的士兵"，这是贯穿全文的主题。不过，现在回头看，一个描写"一无所有者"的故事，采用以上主题显然不够充分。

对现有的框架产生质疑，实在是一件理所当然的事情。事实上，在学校时我们也学过"批判性思维"这个词。道理人人都明白，可在实践当中，我们往往会受到框架的限制，倾向于在框架中竭尽所能，这就把我们带入了一个悖论之中。

我在创作《烧鸟1》时，也遇到了类似的问题。

这个故事的大体构思刚刚成形时，我还在摸索着故事的走向。那时我的脑海中隐隐约约拼凑出了第一次、第二次世界大战中"一次性募兵"的形象。或许是因为这个，在日后的构思之中，"志愿"形式的"一次性佣兵业"逐渐变成了"不得不自愿"的"一无所有者"的故事。

于是我放弃了部分已成形的概念，开始仔细构思"一无所有"的主角形象。在这一过程中，我发现了之前构思中的漏洞，修改之后却又显得不伦不类，最后发现重新来过可能会更快一些。

创作《烧鸟1》的过程就像制作咖喱和酿制葡萄酒一样。我的技艺可能并不十分纯熟，但是，我从"下料酿制"的过程开始重头来过，经过多次试错，终于等到《烧鸟1》的问世。我曾经将稿件交给一位年长的绅士试读，得到了"遣词造句不够文雅""言语刻薄"的评价。这时，我终于感受到了成功的喜悦。

或许是我自负，我推测，多数人都会认为，《烧鸟1》的主人公明是一个背景独特、值得思考的人物形象。如果有读者这么想，我会感到非常荣幸。

而如果有读者看过之后觉得无甚新意，则是我笔力不足，万望海涵。

好了，《烧鸟1》这个故事怎么样？如果您能喜欢这个故事，我会喜不自胜；如果您以后也能继续看我写的故事，我会感到非常荣幸。总之，如果这本书能够畅销，我会非常开心，本书也会继续连载哦！

为了可以有个和大家交流的平台，同时也是为了宣传，我与早川先生商定，开通了一个 Twitter 账户 "YAKITORI_PR"，平时会以 "商联主人们" 的视角发布一些推文，算是一个高仿的 "商联官方账户"，希望大家喜欢。

《烧鸟1》的故事就到此为止了。

下一卷会以明的视角，来描写 "商联人" 这个奇妙的群体。说好听点，他们是冷漠的统治者；说难听点，他们是傲慢至极的宗主国。他们有自己独特的价值观，不论与第一卷读者们眼中的形象是否相同。

不过，坦率地说，在实际的写作过程中，我还是会发现许多不知道该怎么处理的部分。可能在故事大纲完成之后，又会发现它已经完全变成另外一个故事了。

主角有可能会变成紫涵或者泰隆。

一切的一切，可能只有那个坐在烧鸟店里抓着烤鸡肉串发呆的我才会知道。虽然我最近喜欢点蜜汁丸子、盐烤金枪鱼和烤翅尖……

在这本书的创作过程中，我得到了许多人的帮助。最后，我想对帮助过我的人表达诚挚的谢意。

早川书店的编辑奥村，总是能容忍我拖稿；so-bin 给本书的封面创作了精美的画作；校对者们在我临时做出修改之后，还兢兢业业地进行校对；世古口敦志（coil）设计了极具冲击力的封面；还有《少女战记》的插画作者篠月忍，此次也热情地帮忙宣传。正因为有了大家的慷慨相助，《烧鸟》才能问世。

一直以来，大家与我一道为了《烧鸟》的问世而努力，但我与大部分的伙伴没有一起去吃过烧鸟。如果有机会，希望大家赏光，我们一起去店里聚一聚。

最后，我想再次向本书的读者们致谢。希望大家可以一直支持《烧鸟》系列。

谢谢！

卡罗尔·曾（@sonzaix）

2017 年 7 月